▲口絵①　徳川昭武「車上ノ小児」（松戸市戸定歴史館提供）

▲口絵②　セザンヌ「首吊りの家」

▲口絵③　セザンヌ「マンシーの橋」

▲口絵④　セザンヌ「レスタックから見たマルセイユ湾」

▲口絵⑤　セザンヌ「リンゴとオレンジ」

▲口絵⑥　セザンヌ「大きな松の樹のあるサントヴィクトワール山」

◀口絵⑦　アジェ
「甲冑姿の看板のある
キャバレー」

小説

見者の世紀

重松一穂
Shigematsu Kazuho

風詠社

目次　◎　小説　見者の世紀

東京の北のターミナルである上野駅は大きなファサードが特徴的だ。

改札の上階には近郊と結ぶ快速電車や常磐方面の特急列車が発着し、一階は地方から長距離列車が着く。さらに地下では東北・上越・北陸新幹線が走っている。今のような宏壮《こうそう》な駅舎になったのは関東大震災の後だった。それまでは開業時からのレンガ造りで、敷地二百三十七坪の一階建てで、中央には改札とコンコース、両翼に待合室があった。

常磐線のはじまりは常磐炭鉱の石炭輸送のために明治二十二年、先に水戸以北が完成した。まだ官営ではなく、日本鉄道という私鉄であった。

その以南、東京と茨城県の土浦間の交通は河川を活用した機帆船《きはんせん》が全盛だった。江戸川と利根川を運河でむすび、東京から銚子・土浦まで航路が延びていたこともあり、鉄道の開通はずいぶん遅れて明治二十九年に開通した。

一九〇五（明治三十八）年四月　上野駅

陽に春霞がかかる、やや肌寒い午後。いく人かの身なりのよい人々が上野駅前で馬車から降り立った。

もと徳川幕府第十五代将軍、徳川慶喜の一行だ。激動の時代を舞台回しした慶喜もまもなく七十歳になろうとしていた。

候らは御一新後、静岡での蟄居を命じられていたが、今は東京市文京区小日向に住んでいる。三年前、朝敵の汚名から名誉回復がなり、「公爵」に叙せられ、徳川慶喜家を創設していた。これから弟、昭武のいる松戸にいく。明治十七年に別邸戸定邸ができて以来、頻繁に訪れている。

慶喜自らは政治から離れて久しいが、日本をとりまく世界は風雲急を告げている。

前年の二月、日露戦争が勃発し、旅順港の攻防や奉天の平原で健闘する日本軍を海から攻撃すべく、遠くバルト海を出発したロシアのバルチック艦隊がインド洋を渡ってきている。艦隊が薪炭《しんたん》を補充するために寄港する港々に潜む日本の密偵たちから矢のように電信が届いていた。

慶喜は昭武邸に投宿し、自転車や釣り乗馬などを楽しもうとしていた。今回は買ったばかりのツァイス社製のステレオ写真機を使って、二枚の写真を活用して立体視ができるステレオ写真を試すことにしている。特に写真は旧幕時代から開明派あるいは一橋派と言われた、いわゆる「蘭癖《らんぺき》」大名たちとずいぶん研究した。仲間の島津斉彬は写真術を臣下に研究させ、みずから被写体になった大名であるし、そのほかには尾張徳川家の徳川慶勝や、松平春獄、伊達宗徳などで、いずれも写真の力に注目していた。

一国を預かる大名たちはほとんどが江戸表《おもて》が長く、領地の風景や民衆の暮らしを細かく知らずに育っていただろうから、治世に携わると現場感覚に乏しかったのだろう。下からの報告だけで飽き足らない有能な開明派の大名たちだけに、新しく発明された技術を飛びつくようにして取り入れた。

上野を出た鉄道は日光街道の宿場町北千住を出てからは、幾度も河川の氾濫による洪水を経験した、それだけ肥沃な葛飾の野を一直線に切裂いてゆく。東京市民の野菜や米の供給地として田園が拡がり、そこここに遅い桜の白い影が垣間見える。荒川鉄橋、中川鉄橋など葛飾の幾つかの橋を渡りながら、ついには県境の江戸川鉄橋を渡る。この辺は水郷地帯であり、川面に白い三角帆を写しながら船が行き交っている。

車窓の右手は北総台地の西北端にあたり、川下方向へ連なる丘が続く、ちょうどその足元へ吸い込まれるように列車は近づいて、あわや衝突するかというところでスピードを落とし松戸駅に滑り込んだ。

その台地の上には、たっぷりとした森のなかに瀟洒な平屋の木造建物が立っている。昭武の長子徳川武定が明治二十五年に子爵位を受けて創始された松戸徳川家の邸宅「戸定邸」である。徳川武定は後に東京大学で造船技術を学び海軍技術中将まで上り詰めて、日本の潜水艦造艦技術に大きく貢献した人である。それ以前には武定の父、最後の水戸徳川家藩主、徳川昭武《あきたけ》の別邸として使われていた。

昭武公は十五歳の折り、幕府名代として兄より遺仏使節を仰せつかり、一八六七年のパリ万国博覧会に出席している。その時にはのちの日本経済の礎をつくったあの渋沢栄一も随行している。

昭武は若くして西洋近代文明に接したせいか狩猟・乗馬・作陶など多彩な趣味をもち、当時としては非常に新しく高価な趣味であった写真撮影を行い現像処理までも自らの手で行っている。

彼が写真撮影に最も熱中した時期は明治四十年（1907年）前後であり、松戸近辺の風景や子供たちの姿など幅広く撮影し、一枚ごとに撮影条件や出来栄えを記録として残している。昭武は当時、貴族の写真好き仲間と写真同人誌「華影」を出し、互いに発表しあっていた。選者に黒田清輝や小川一真のような高名な画家や写真技術の先達に作品批評を依頼するほどだった。

その同人たちの作品の中でも際立って今日的な視点で城下の日常の風景などを残している。時あたかも日露戦争の時代で、世相は騒然としていただろうが、江戸川を筏で渡って、対岸の小合溜（現在の東京都水元公園の一部で、江戸川の氾濫を弱めるために作られたため池）などに自転車で撮影に行ったりした。昭武の写真に「小合農家」というのどかな水郷の作品が残っている。

例えば明治三十九年に、今の金町あたりで撮影した「車上ノ小児」（口絵①）の写真は、大八車に乗った農民の子を正面から撮っている。すこし大八車を立てて、逆光なので子供の表情はよく分からないが、実に存在感のある姿である。

あるときはまた水郷であった近隣の古ヶ崎という所で、農家をいくつか撮影し、「古ヶ崎肴屋」「田舎家」と言った作品を残しているが、撮影者と被写体の距離感は絶妙で、十分農家のありようが見て取れるような、存在を感じさせる写真である。

さらに、納屋河岸という川の湊あるいは重要な渡しであった松戸の岸辺の写真も撮っている。大きく湾曲した河岸で地物《じもの》の野菜などが広げられている様子が見て取れ、空間の広い図柄であるが、当時のアマチュア写真家のレベルではなく、とても完成度の高い作品である。

当時の日本の写真事情といえば、明治二十年に浅草の写真師江崎礼二が「写真術独習書」を出版し、明治二十二年には「日本乾板」「東京乾板」などようやく写真材料が国内で一般に販売され、アマチュアに写真がひろまってゆく。まだまだ日本の写真黎明期であり、機材や材料が高価であった頃に何の変哲もない風景写真を撮影していたのはどういうことなのだろうか。

写真の発祥地イギリスでさえ、エマーソンがアカデミックな絵画をまねた写真を否定し、科学の原則にのっとった自然の姿を写すことだと唱えたが定着しなかった。従って、日本の貴族の間では依然として絵画を真似たピクトリアリズムの時代であった。昭武は明治四十一年に五十五歳の若さでなくなるが、それまでの五年間の写真が当時としては新しい。後世フォトドキュメンタリーと呼ばれる写真表現を先取りしていたのはなぜだろうか。しかし昭武が写真を始めたのはその時期よりも二十年も前であったと言われており、しかも誰に習ったのかよく分かっていない。

彼方から蒸気機関車のドラフトの音がこだまし始め、力づよい動輪の回転音が江戸川に面した東側の崖下を通り過ぎると、少し遅れてもくもくと煤煙が上がってきて、あたりに特有の匂いを残し、咲きおくれた庭の奥の桜を薄墨色に汚した。

昭武はフランスで初めて鉄道に乗った後、欧州を巡回するたびに何度も乗った鉄道旅に思いを馳せた。ずいぶん長い時間が過ぎたようにも、あっという間だったような気もした。

昭武の眼は当時の日本人としては図抜けて、多くのものを見ていたし、その数々のイメージを脳内に記録していたのだろう。それは慶喜すらも凌ぐものだったに違いない。

一八八七年　エジプト　アレキサンドリア

アレキサンドリアの午後。後半にさしかかるのに、まだまだ強い光が、石造りの古い路地に神々しく差し込む。

舞い上がる塵埃《じんあい》と喧噪。日陰は意外に涼しく空気も止まっている。何やら饐《す》えた匂いも乾燥している。

外に置かれた据わりの悪いテーブルで、最近、奥地から戻ってきた武器も扱う隊商と写真師ジャックはもう一時間以上話している。パリで詩人として世に出ようとしていた男で、その頃からの貌見知りだ。最近は手紙だけの付き合いだったが、エジプトに写真館兼写真材料卸を開いた頃、カメラ一式を注文してきてジャックは手配してやった。

隊商はまだまだ若いのに白髪が目立つようになっていて、リューマチだという膝を時折気にする仕草をした。

本人に会ってから何度も同じ話題に触れてみたが、男は自分が生み出した途方もない新しい文学に話が及びそうになると巧みにはぐらかした。

それは一年前に「ヴォーグ」誌に掲載された作品だ。

「『地獄の季節』と『飾画（イリュミナシオン）』は詩人たちの間では大変な評判らしいね。」

最近、相次いで出版された二冊の詩集のことだ。

「読んでみたよ。僕には詩歌はよく分からんが、なんだか二つにはとても違うものが流れているのを感じる……。

例えば『地獄の季節』の方は怒気に溢れ、毒づいているような否定する力が強い。声高に咆えているような雰囲気がある。

それに対して『飾画』の方は短いフレーズで、モザイクのように一つ一つおいていって壁に貼られた写真をみているような世界だ。短い詩編それぞれを合わせると大きな風景が見えてくるような。」

「……。」

長い沈黙が続く午後の陽はまだ暑い。

「飾画のなかの『岬』という章が好きだな。具体的イメージに溢れていて、写真のアルバムを見ているようだ。

『……神殿は使節の還りを迎えて輝き、近代海防のすばらしい展望、砂丘は生き生きとした花と乱酔とに飾られて、カルタゴの大運河、模糊たるヴェニスの堤防、エトナの噴火のまどろみ、花と水との氷河の亀裂、ドイツは白陽樹に取り巻かれた洗濯場、〝日本の樹〟の頂を傾ける奇妙な公園の斜面、スカボローとかブルックリンの〝ロワイアル〟とか〝グランド〟とか名のつきそうな円形の門構えが立ち並び、鉄道はこの〝ホテル〟の結構に寄り添って、穴をうがって、傾斜する……』とかね多少覚えても居る。」

「書いたことは忘れる主義でね。……」

面倒くさそうに元詩人は応える。

「『岬』は欧州文明の突端で、その先の異世界や未来が見えんとする場所だということなのか。」

「『岬』か……、今、俺が居るところもそんなところかもしれないな。」

「『地獄の季節』と『飾画』の違いは、……なぜ違うんだろう。」

口が重い男に催促してみるが興味のない顔をしている。詩の門外漢と思われてるのか。

路地の空気は時間に関係なく沈殿しジッと動かない。作戦を変えて話題を新しくした。

「おぼえてるかい。まだ君がパリに出て日が浅くやっと脚光を浴びはじめた頃、芸術家たちが集まった朗読会で凡庸な詩を読んだ男を罵倒したよね。

一人の男にたしなめられて君は、やにわに友だちの刀を抜いて、そいつに切りつけたことがあったね。」

この骨太い男はにこりともせず、たばこをくゆらしながら黙っている。

「あの頃は、やはり薬草をやってたのか？　見者とやらを実践するために。」

「……ん、さあ、どうだったかな。」やっと、口を開いた。

「たしなめた男は私の同業者だったのでその後、ずいぶん君のことは仲間内で話題になったよ。たしか君の写真を撮った男だった。」

のちにこの詩人といえば思い出す有名な写真だ。

「俺の写真を撮った男だった？　覚えてない。」

ゆっくりパイプを吸いながら苦くてコクのないコーヒーを二口ゆっくり飲んだ後、

「しかし俺はその自分の写真を見て、なんだか変な気持ちになったね。

鏡に写った自分は何度も見たことがあるのに、写真の俺は何か違うんだ。」

「これは俺なんだろうか、俺の名前を騙っている違う奴ではないのだろうか。」

「鏡の姿など気にならないのに、あんな細部まで写り込んだ写真になってしまうと。」

またしばらく時間がすぎた。元詩人は、何かを想っている。ジャックは多少いら立ちながら、

「あの二つの、詩の着想の違いはどこからでたんだ。」

だいぶ口も動くようになってきたようなので、また先ほどの質問を繰り返した。

「まあ、時代の空気というか光というか、何かが変わったのかな。

レトリックを駆使した大げさで回りくどい表現が鬱陶しくなるような何か新しい、すがすがしい空気が出始めていたよ。

でもそれはなんだか距離感のある冷たい物だったけどね。」

ジャックはにわかに意味がつかみきれずに思いつきの言葉をぶつけて、とりあえずすり合わせようとした。

「もちろんそれは目に映るモノではなく、街の景色でもないだろうな。」

「仲間たちと一緒に居る時も、互いの間に『膜』が出来たような感じさ。

生活してても間に何か別の物が入るようになってきたのさ。言葉の力が直接的ではなくなったのかもしれない。」

世の中が鉄道や蒸気機関のお陰で便利になり、生活のスピードが速くなったのは感じるようになったが、『膜（エクラン）』とはどんな例えなのだろう。写真だって膜といえばそうだなと思いながら、ジャックは話題を変えた。

「それで今は文章といえば商用の手紙と伝票ぐらいしか書かないのか？」

不意に天空からコーランを詠む聲が降ってきて、路地裏の谷間にこだまする。

「世の中は君のことを『見者（ヴォワイアン）』と呼んでいるのに。」

「おまえさんこそ、写真術と暗箱で武装した、人々の欲望の眼の先兵じゃないのか？」

少々、鼻白んだジャックは、

「送った暗箱とレンズはうまく使えたかい？　素人には現像も大変だっただろうね。」

彼に販売した写真暗箱（註：蛇腹式写真機の胴体）は乾板を使うものだった。

それまで主流だったのは湿式写真で撮影場所に暗室を携帯して行って、撮影前に原板に乳剤を塗る必要があった。専門の知識が必要でとても使い勝手が悪かった。

イギリスのスワン乾板が量産化されて感光度も上がったので、撮影がアマチュアにも拡がりだした。しかし、アフリカの奥地ならば自分で現像をするしかなかった。

「写真暗箱の扱いや現像はむずかしいが、写真というのは面白いね。」

元詩人は路地の奥の方に目をやりながら一息、たばこの煙を吐いてなにか言い忘れたかのようにぽつりと口にした。

「断片だね。一日かけて撮った数枚の写真につながりや文脈などない。世界の果てしない広がりの中のバラバラのひと欠らだ。歴史なんてこんな断片が無秩序に壁に貼られているような幻想かもしれない。」

「今後ただ意味もなく、次々と紙の断片がうまれる。箱に一杯溜まって千年先に残るんだろうな。」

「こんな高価なものが簡単に人々の間に拡がるだろうか。」

写真を仕事としているジャックにはちょっと信じられなかった。

「普仏戦争の後だったかな。野原に横たわる戦死した兵士の写真を見たことがある。そのあからさまな異常と恐怖。美しい緑とおぞましい死体が等質の視線で見える。

ラテン語が得意なこの俺様にも語彙の中から選ぶ言葉が出てこない。」

二人の間に熱気を孕んだ空気の動きがそよと回り込んだ。

たばこの火の音がじりじりとする。

「俺の脳髄の中で飛び交う言葉と写真に写っているものとどんな交点があるのか。

目の前のものを指し示すのが言葉ではないのか。世界が二つの相に分かたれている。」

ごくりと喉をならして、

「俺はある意味この世の中に言葉や詩的なものなどあるのかと疑った。言葉はこの世以外のことも語れる力があるが、まざまざと写った物体だけが語らずに在る。言葉が立ち入れない。」

ようやく、谷底の街角から厳しい暑さが退却し始めた。

「ハラルでも七、八枚撮ったが、暗箱とレンズは奥地に探検に行く仲間に譲ったよ。

今日は材料の残金を精算してくれ。」元詩人の眼はもうここにいなかった。

遙かなハラルの空と草原を眺めているような眼だった。

一八六五年　パリ　木曜会

パリはあらゆる人々を惹きつけた。新聞や出版が盛んになり論壇は沸騰し、作家たちが次々に生み出す作品はたちまち人々の話題となった。ルーブルの絵画を観て刺激された画家たちはこぞってサロンに応募した。カフェやバールで詩を吟じ音楽を奏でるものもいた。芸術・文化で名を上げようとする若者たちがこぞってパリを目指した。

ここにも南フランスで若い日々をともに過ごした友人たちとパリに憧れて集まり、自由や希望にあふれた暮らしを満喫している若者たちが居る。「木曜会」と勝手に名付けた郷土の集まりだ。

今日もまた、パリのアパルトマンの最上階の狭い部屋で寝食も忘れて、いろんな会話をする。それほど大きくないベッドが部屋の主のようにどっしりと占め、その周りでわいわいと議論する。

縦長のさほど広くない窓からは、穏やかな北ヨーロッパの空が見える。それはいつも完璧な青空とは言えず、重さのない薄っぺらな空だ。

場の中心にいる活発な小説家志望の男は画家志望の男に振り向き、

「ところでポール、親父どのの銀行は上手くいっているそうじゃないか。スエズ運河の開通にともなって、サンシモン一派が地中海はフランスの海と唱え、その入り口マルセイユの不動産価値はうなぎ登りだ。目端の利く親父どのはチャンスを逃してはいまい。」

ポール・セザンヌは短く答えた。

「法律家になれとうるさいよ。」

「プロバンス大学の法学士様だからな。」

エミール・ゾラはひやかすように言った。

毎日のようにルーブルに模写に出かけている画家志望の男が、

「ところでこの間、帰ったとき、噴水のロータリーで小型組み立ての写真鏡（カメラオブスキュラ）でスケッチをしていた旅行者がいたし、いろんなところで使っているのを見た。」

写真の発明であるダゲレオタイプはまだスタジオでも難しい技術だったので、一般の人々には使えなかった。旅行先で風景を写すなど、土台無理だった。その代わり人々はスケッチをした。そのときに役に立つのが携帯の写真鏡だった。

口を開いたのは詩人希望の男だった。

「写真鏡は百年も前から、旅に携帯できる大きさになってる。観光客はじっくりと異国の風景を眺めて感想をもったり、その場の空気を玩味するのではなく、ガラス面に写った景色をせっせとスケッチしているんだ。国に帰って自慢するためにね。

旅の本来の愉しみを忘れているんだ。」

「ダヴィンチの時代から写真鏡はあったな。西洋絵画の重要な技術の一つだ。」

と画家志望の男が話す。

「異国の珍しい風景を自分の脳髄で化学反応させ、印象を言葉に替えるのではなく、風景の複写に貴重な時間を費やす。どんな意味もどんな歴史も伝わらない、ただの写し図だ。」

断定的な言い方をしたのは会をリードしている小説家志望の男だった。

「でもそれは画家のスケッチだって、カリカチュアだって同じだろう。

写真鏡でなぞったスケッチこそは素人のデッサンでも正確だといえないか。」

と理工学校志望の男が答える。


ゾラはパリに出て出版社で仕事をしていたが、野心を持つ彼は美術批評をまず名をなすための仕事とした。

マネという格好な既成芸術の破壊者が彗星のように現れたこともあった。

クールベのようなレアリスムを標榜する革新者もいた。ようやくフランスの絵画界も長い眠り、形式的な絵画から目が覚めようとしていた。

パリの美術界は面白い時代になってきた。

「絵画を楽しむ観衆に伝えたい主題を指し示し、表すものがきちんと表現されることが大切だが、それには観衆のほうも鑑賞法の修練が必要で、それが遠近法や図像学や立体感の技法、つまり画家の技量として先生・弟子と伝承されてきた。その体制をサロンとして国が権威を与えていた。」ゾラが、自分の考えを披瀝する。

「観衆は自由に絵画を好きなように見ることができない？

読み解く文法を知らないと分からないのか。」

理科志望の男が言うと、

「感ずるままに見ればいいではないか。」

画家志望のシャイアンが断定的に話す。

「多くの絵を見た人は善し悪しの判断ができる。民衆はよい絵画を知らない。

しかし、民衆は、あらかじめできあがった『見どころ』さえ確認すればいいのだ。『うつくしいビーナスの肌』、それは決まった色だ。『田園の美しい木々と森のみどり』それは冬だろうが夏だろうが同じような緑の色だ。絵の前に佇んで、鑑賞の見どころを互いに確認して、みんなと同じ感想を言い合う輪にいることが大切なのだから。」

「民衆は絵を見ている自分を、芸術鑑賞をしている教養ある自分を意識したいのだ。」

ゾラは長く続く話に結論づけるように、

「視覚の芸術はギリシャ時代から、自然を模倣するという『ミメーシス』が衝動だった。」

理科志望の者が、

「ダゲレオタイプはまさに、その被造物の精密な再生という夢を実現することで衝撃をあたえ、同時に制作過程のあっけなさ、指で一押しという作業だけで人の介在を薄くしたがね。」

ゾラが新しいアイディアに得意げに言葉を継いだ。

「絵画には額縁がカリカチュアには区切りがある。絵画もカリカチュアも写真も同じ窓がある。しかし人の視野には『窓』がない。人の視野はせいぜい左右百度程度でそれ以上広くない。要は何かを見ているということ。視野全体をまんべんなく見ているわけではない。自分の興味のあるものには目が行く。」

「普段、全く考えずに見てるな。」

画家志望の男が返す。

「しかし、写真鏡が意識させたものがある。限りない時空間に一つの平面で切り取る窓を与えたことだ。」

ゾラが大きく息を吸って、一段、声をだして語り出した。

「私はこれをエクランと呼びたい。窓の意識だ。被造物に向けて開かれた窓だ。対象、オブジェとなるものを指し示す。」

ゾラは右手と左手でそれぞれで、まるで銃を撃つように人差し指と親指で九〇度のかたちをつくった。右手と左手を逆にして組み合わせ四角い枠をつくって目の前に当てた。

「これがエクランだ。」

みんなは一斉にその動作を見つめた。

「被造物にこの窓を当て対象をみる。一人の人間の気質や人格によって何にどのように当てるか。そこに主観がでてくるだろう。」

「エクランには『膜』という意味もあるな……。」セザンヌが呟いた。

ゾラは何か課題を与えるように違う質問をみんなに投げかけた。彼はいつもそうだ。慎重なのかすぐ答えを言わない。

「マネの新しさは何だろうな。」

ゾラはゆっくり答えた。

「まず、エクランの意識だろうね。いつも見ている日常の視野の中にエクランを置いたことだろう。」

「散歩の好きなマネは歩きながら、エクランを上から下から斜めから当て続けているんだな。」

理工学校志望の男が言う。

「彼は写真暗箱にも興味をもっているからね。絵画はもちろん、イメージに関係があるものはすべて試してみる態度だよ。

そして彼は世界中の有名な絵画の構図を知り抜いている。彼はいつも小さな名画集を携えている。」

ゾラは今、何かを生み出そうとするように中空を指さしながら言葉を編み出す。

「頭の中に入っているいろんな図柄をえらび、画家の空想のキャンバスに置いてゆく。時には版画や写真の断片も活用する。マネはあたかも建築のように一枚の絵画、いわば世界の設計図をそこに組み立ててゆくのだ。」

「それではテーマというか中心というか、何のために画いているのだろうね。」セザンヌがゆっくりと疑問を述べた。

「写実主義とも違うような……。」

「最近の写実主義はやはりみんなの関心の的だ。」ゾラが言う。

「自分の関心で捉えた現実世界を表現する態度のようだ。美しく神聖で穏やかなものだけが美の前提条件ではない。」

「だからクールベが描いたように、地味な田舎の埋葬の行列が大きな話題になるんだ。」セザンヌが納得いったように頷く。

「日常のように無秩序で汚れて、くすんだ世界にも美があると言うことか。」

詩人志望の男が言う。

「サロンに代表されるアカデミーの絵画は定式化された絵画イメージ。古典世界の神話や宗教的な話題や神格化された人物像や伝承され型にはまった絵画表現で描かれ、室内のアトリエの中で制作されてきたものだ。」ゾラのペースになって来た。

「ギリシャ時代やローマ時代の事物や人物は誰も観たことがない。空想の産物で臨場感がない。日頃観ているものでない概念では美術史の知識のない民衆たちはなおさら分かりにくい。

例えば、オペラ座でシルクハットをかぶって。タキシードに身を包んでるのが分かれば、今どんな会話をしているかということまで想像がつくだろう。」

「それはそうだが、価値がないというか、そんな絵はありがたみがないだろう。」理科志望の男が反論した。

「確かに画家はデッサンで形をしっかり捉える練習をしたり、人物の肌も品を失わないで、なだらかな階調の色彩を使うなど技術的に難しいことをやってるが、使い古された画想に従って絵を描いてゆくという、ミメーシスという点では創造性に乏しいものだったね。」セザンヌも付け加えた。

「その点、写真術というのはいろんな意味で画家にインパクトを与えた。視角のなかから対象を発見させたカメラオブスキュラとそれをプレートに残したダゲレオタイプの力があったのではないか?」

意を得たりと言うようにゾラはつづけた。

「写真のようにどの部分も均等に精密に再現している模倣はかえって存在感がない。

繊細かつ力量ある写実主義者は主題との緊密な関係を追求している。」

「真実を描けば私は拍手する。しかし真実と写真的写実は違う。芸術的資質を通して個性的にもっと生き生きと描けば私はもっと拍手する。」

　ゾラは声に力を入れた。

「モーパッサンも言っている。人生を平凡な写真のように見せるのではなく、実態以上により完全な心に迫る、納得のゆく光景によって表すべきだ。」

「その自然、目に見える太陽光の反射のなかに存在する被造物を芸術家の気質で選ばれた窓でみること、これが新しい芸術の態度なのだ。」

　誰の顔にも空腹感が漂ってきたところに、南フランスの野菜の煮込み料理ラタトゥイユが出てきて、一同の顔に笑みがこぼれた。

一八六七年六月　パリ・出会い

　二回目のパリ万博に招待された昭武たちが投宿していたグラントテル・ド・パリは五年前に開業したばかりの新しいホテルだったが、初めて浴室設備付きの部屋が十五室もでき、パリ市民に話題になった。ホテルの前からカプシーヌ大通りが延びていた。

　一階は豪華なカフェで向かい側の建設中のオペラ座に面している。観劇などの格好の待ち合わせ場所になるはずだったが完成が遅れている。

通詞《つうじ》と供を連れて、昭武はカプシーヌ大通りを時間を盗んでは散歩に出かけた。幕府の役人たちは、なにがあるか分からないので、散歩を控えてほしいと言ったが、半時ばかりと言っては抜け出した。

今日も、また広々とした舗道を歩いていく。

六月のパリの気候は爽やかだ。

四月にはチェイルリー宮殿で皇帝に謁見し、先月の欧州王室の人々との夜会あるいはロンシャン競馬場の集まり、オペラ座での観劇となにかと勝手も分からず飛び交う言葉も不慣れで気疲れがしていた。

最新の軍事技術や工業製品の工場見学は圧倒されるものばかり。それらの知識やイメージが怒涛のように、また纏まりもなく彼の頭の中に溢れ込み刺激した。

大通りには後ろが盛り上がったドレスに、白い日傘をさした女性たちが、まるで池の白鳥たちのように反対側にも前後にも、すいすいと動いていくのが見える。

エスコートする黒いシルクハットのタキシード紳士や、逆に鮮やかな色のドレスに身を包んだ二人連れがいたり花が咲いたようだ。

キャプシーヌ街三十五番地の角にガラス張りの写真館があり、大きな『ナ・ダール』という看板が上がっている。

その赤い大きな建物の前を通りかかると、昭武と年恰好が同じ頃の若者が呼び込みなのだろうか門口で佇んで通りを眺めていた。

若者には歩いている異様な姿の人々がすぐに分かったのか、

「あなたは有名な日本の貴公子様ですね。新聞で見ました。」

通訳は気安く声を掛けてきたこの若者を警戒し、供のものは刀に手を持っていこうとしたがそれよりはやく昭武は制止しにっこりうなずいた。

多少はフランス語も耳慣れてきて自分のことを言われたのが分かったし、同じ年格好の少年だったので、警戒心はうすれ親近感も湧いた。

「貴公子様のことはパリ中の話題です。万国博覧会はもう御覧になったでしょうね？

日本の展示はとても話題になっていますよ。」

若者は快活に、すがすがしい笑顔で、ゆっくりとしたフランス語を話した。通詞は昭武に伝えた。

「パリには新しいものが多くて驚くばかりですとおっしゃっています。」

通詞がつっけんどんに言葉を返した。

若者は物怖じもせずさらに話しかけてくる。

「当写真館には、五年前にトクガワ様のご家来衆、池田様らを撮影した写真が残っております。

いかがです。ご覧なりませんか。

話の種に新しいマホガニー製の写真暗箱もお見せしますよ。」

「文久三年（１８６３年）の横浜鎖港談判の使節の池田様のことか？」

等と供の間でささやきあった。

昭武の通詞は忙しいのだと言ったが興味を示す昭武は、

「私は以前、京都という町で写真暗箱を兄から見せてもらったことがあるが……」

初めて会ったときから昭武は何か強い親近感をこの若い男に感じていた。

「民部様、困ります。勝手なことをなさいましては。また山高様に叱られます。今日はお忍びでございますよ……。」

「まあ、少しぐらい、いいではないか。観て参ろう。」

渋るお供を連れて昭武はスタジオに足を踏み入れた。


二回目のパリ万博は四月一日から十一月三日まで開催され、結局は千五百万人の観衆を集めた。四十二カ国が参加し初めて徳川幕府は日本を治める統治者・大君としての立場で出展した。開国を迫る欧州列強に対し存在感を示すためにも必要だった。そこで幕府の名代としてナポレオン三世や万博に集う各国王宮と交際するために昭武は派遣されたのだ。

開催場所は陸軍士官学校隣地の練兵場、後にシャンドマルスと呼ばれたところで、敷地十七万平米、長径四九〇メートル・短径三九〇メートルの楕円形をしておりドームが付いていた。

幕府は日本の特産品―武具、衣服、漆器、陶器、美術工芸品、和紙などを出品した。江戸の商人「みづほ屋」が芸者を三人連れてきて「茶店」を出した。これが非常な人気を博した。会場には万博らしく新技術の大砲や電信技術が披露されていた。

ひと月後、昭武は幕府出品物に対してナポレオン三世からグランプリ賞牌を授与された。式典から帰りながらお供の者どもはまだ憤慨していた。会場での薩摩の狼藉をである。

こともあろうに薩摩藩は自藩の特産品や琉球の文物を展示して琉球国王を宣した。観衆は日本には政府が二つあると感じ大君は唯一の統一者ではないと噂した。

「交渉方の努力で、フランスの外務省も『大君政府』と『薩摩太守の政府』という表示で合意となったが、相変わらず琉球国王の名札ははずさんな。㊉の旗章もそのままだ。」

「どこまで、図々しい奴らだ。」

「うらで国禁を犯してきた留学生らやベルギーの貴族までが動いているらしい。」

「これは向山様も交渉役の田辺様も頭の痛いことだ。」

ひとしきり憎き薩摩藩の所業を論ったあと、お供の者たちの饒舌はナポレオン皇帝夫妻の話に移った。

周りに分からない日本語で陰口できるのが安心感もあるのか、

「まあ皇帝陛下という威厳に似合わず意外に小ぶりなお体で、お顔もどちらかと言えば印象が普通ですな。」

「しかし宴会は素晴らしかった。贅の限りを尽くしたというのは、ああいうことか。料理の数と種類はとても覚えきれん。」

そんな道中の話題をそらすためにも昭武は目先の話を変えたかった。

「すこし、この辺りを皆で歩いてみるか?」


その帰り、一行は画家マネが個人的に立ち上げたアルヌ橋近くのパビリオンに出くわす。

フランスに来て以来あらゆる好奇心に従うようになっていたうえに、もともと東洋の書画についても素養があった昭武は、もう自分を抑えることはできなかった。

「少しぐらい時間はあるだろう。面白そうだから見てみたい。」

やや薄暗い、急ごしらえの建物の中に入ると、さらに暗くなったところに人影があった。

「おや、ミンブコウシ様じゃないですか。」

聞きなれた声がヨコから呼び掛けてきた。外から中に入って周りがよく見えない。

小姓頭は腰の刀に手を掛ける仕草をした。

「何者だ。こちらの方を誰と心得ている……。」

「山高、少し控えろ。こんなところで刀は抜けないぞ。」

制しながら昭武は、

「ああ、確か君は写真館の助手さんか。この間は面白いものを見せてもらいました。」

「まだ、名乗っておりませんでした。ジャックとお呼びください。」

ジャックは供のものたちが貴公子のことを呼ぶのにミンブコウシと言うのを憶えていたのだ。

「そうか、名前を聞いていなかったね。」

「仕事の帰りなんですが最近、話題の絵を観たくなりまして寄り道しています。」

「ほう、どんな絵なんだね？」

ジャックは通詞の方にむき直して説明を始めた。

「フランスにはサロンという絵画の権威があります。古い仕来りの堅苦しい美術様式が続いているのです。絵画の実際の出来栄えよりも、どの先生の弟子であるかが入選を左右したりするのです。

若い画家たちの中には審査に通らない不満もあって、改革を望んでいるものが多いんです。」

通詞に説明された昭武はすぐこたえた。

「ほうそうか。改革派なのだな。それは面白そうだな。」

ジャックと昭武一行は市民も多く観に来ているこの展示を連れ立ってみた。

「いろんな絵があるな。どれもシンプルだがとても力強い。」

「そうなんです。このマネという人は理論的指導者です。伝統的なアカデミーの画家たちからは蛇蝎のように嫌われています。」

「……、」

返事をせずに昭武は興味深そうに観ている。

「これをご覧ください。マネがピアノを弾く妻を描いた絵です。いままで自分の居間の光景など絵画の題材にしなかったのですが、これは肖像画とは違います。今のパリの一日なのです。」

「美しい黒だね。婦人の顔が浮き立ってくる。品と中年婦人のふくよかさが漂ってる。」

まんざら興味がないわけでない山高も同意したように首を立てに動かしている。

「私は写真を撮っていますが、焦点を合わせるのが仕事です。写真暗箱はレンズを動かして距離を合わせなければなりません。それで感じるのですが、この顔には焦点が合っているようです。」

「絵の中心がはっきりしてるね。すべてがそこに向かっている。

黒いピアノも婦人の衣装も、そして壁の枠も。」

「さすが、ミンブ様ですね。」

「私は絵のことは分からないが、写真術までヒントにするのを考えた画家はいないのではないのか。」

「画家の生活を奪うのではないかという技術に、彼はいち早く注目したんです。」

別れ際に昭武は、

「来月、私は日本の芸人たちがパリで公演する曲芸を見に行くことにしている。時間があるなら来なさい。」

「いいんですか？　お供の人が嫌な顔をしていますよ。」

山高は仕方のなさそうな顔をしている。

一八六七年夏　パリ　カフェ・ゲルボア

パリ大改造で空が広くなり大通りも拡張されて、各所に食事や飲食ができるカフェというのが増えた。小説家・画家などの芸術家はもちろん、政治家や学者・評論家などの知的職業に就く人々が、なじみのカフェに集まって夜な夜な様々な政治・文化・科学技術などについて議論を戦わせた。

各分野で一挙に新しい動きが生まれ刺激的な時代となった。幅広い知識や考え方をもって、横断的に自由に話し合った稀な時代だった。


大通りに面したカフェ・ゲルボアの入り口左手、いつもの二つの席。もう何人かの顔が見える。柔らかい日の光が斜めに傾いてきて、穏やかだった一日に夜の帳が迫ってくる。

店内に入るとギャルソンが片付ける食器が触れ合う音が聞こえる。

テーブルのタバコの匂いも何年も染みついたものだ。まわりでは会話が飛び交っている。

誰かが話し始めた。

小説家志望の男が建物の間に見える夕空を眺めながら、

「セーヌ県知事・オスマン男爵のパリ改造も第一期が終わり、第二期がスタートしている。猛烈な勢いで変えているが資金はどうしているのか？　魔法のような予算獲得だね。」

ジャーナリストが口をはさむ。

「シャンゼリゼからブーローニュの森につながるアンペラス大通りは、今や新興成金たちの着飾った馬車の動く展示場だよ。」

紳士が加わる。

「ブーローニュの森を作ったのは素晴らしい仕事だよね。セーヌにつながるようにして、二つの池を配置し植樹しロンシャン競馬場も作った。」

建築家の卵の男が言った。

「二年前にはパリグランプリ競馬レースも行われた。賞金十万フランだぜ。」

「パリ改造の第二期工事では、シャルル・ガルニエという無名の建築家の設計したオペラ座が工事中だ。二年後に完成すると言われているが。」

もう何年も大学の法学部に通っている男が、

「ナポレオン三世の威光は絶好調だね。このところやってきたことと言えば、戦争ばかりで、元々軍事も外交も苦手なのに人々は目先のパリの変貌に文字通り眼を奪われている。」

ジャーナリストが話を繋ぐ。

「もう十年以上前になるがクリミア戦争でたくさんの兵士が死んだし、国中が反対して株価を暴落させてまで起こしたイタリア独立戦争では、さしたる結果を出さずオーストリアと講和してしまったし、その割には人気が落ちないのがよく分からない。」

「産業の発達で急に成長してきた成金たち、ブルジョアたちが応援しているんだろう。一方、貴族は苦虫をかみつぶしている。」

「貧富の差がますます激しくなる。

労働者階級を豊かにさせるために科学技術の発達を利用するというサンシモン主義の政策が受けてるんだろう。」

「いろんな階層の人々を集めて、議論を大いに活発にするという自由帝政は上手くいっているのか？

官僚たちの保守的な不作為が社会を変えようとするサンシモン派にとっては憎むべきものだろう。」

少しはなれた席には、恋人も取り合ったボードレールが亡くなって、最近、気落ちしている写真家のナダールが来ていた。

「今時の肖像写真のカルトマニアはどうですか。この十年の普及は驚きですね。鶏卵紙とか言う新しいやり方のお陰ですか。ナダールさん」

身なりのいい中年の紳士が話しかけた。

「よくご存じですな。お陰で六センチ×一〇センチの四枚セット一フランの紙切れが飛ぶように売れるが競争相手も増えた。

この十年間でパリにできた写真館は三百ですよ。歯医者が副業でやったり、にわか路上写真屋もいる。どこも大繁盛だ。一年で二万人近くの客を捌いたところもあるという。」

「肖像画家たちは真っ青ですが、もともとは彼らのお客ではなかった人たちも増えたんでしょうね。」

「こんなに手軽に、早く自分の姿が残るんだからね。新興成金たちには人気です。」

「自分たちの家族写真も撮っているが有名人の写真も欲しいと、うちではボヘミアンの芸術家の要望が多い。ボードレールも人気だね。

家庭アルバムの中に一緒に綴じ込んで、人に自慢しているのだ。」

「結構なことではありませんか。新時代の脚光を浴びる職業だ。キャプシーヌ街の真っ赤なガラス張りのナダール写真館を知らぬものはいない。」

「そうとも言えませんよ。写真館の設備投資にもお金がかかる、上流階級の人々を相手では、美術品や骨董品も置かねばならんし、なによりも私は口うるさく細かい投資家たちに雇われた経営者なんだから。」

「今度ブーローニュの森に新しいスタジオを作ったんだってね。今や新時代の寵児だね」

「そう、印刷設備がついた施設だ。多いときは順番を待ってもらわなきゃならないので、温室や庭園をつくったよ。よそでは図書室やビリヤード室まで作ったところもある。背景に森や海や中世の古城をつくったりして、人々は夢の自分を欲しがるのさ。」

「近頃はずいぶん、写真の修整もすすんで、見違えるほど美人になる貴婦人もいらっしゃるとか。」

「写真協会でも喧々諤々の議論だね。絵画芸術と似てるので、手を入れて修正するのは当たり前だという者たちと、一方で写真の特徴である真実がもつ価値を損なえば、ただ好奇心で鑑賞されるものになるとね。」

ナダールは何か食べるものを注文しようとコーヒーカップの皿に書かれているメニューを見つめた。


一八二六年、フランス人のニエプスがスズと鉛の合金である「ピューター」の板に感光性を持つアスファルトを塗ったものを写真暗箱にいれて撮影した。感度が低かったので撮影に八時間もかかったが、はじめてニエプスの自宅の窓からみえる世界を光で固定した、まさに写真がうまれた瞬間だった。

十九世紀に入ってから、パリやロンドンなどでいろんな写真発明の技術開発の苦闘が繰り返された。

写真暗箱も感光材料もどちらもすでに存在していたので、誰が組み合せて発明するかという段階だった。

とくに感光性のあるものを探し、アスファルト・塩化銀・硝酸銀などが試された。パリではニエプスとダゲールが頭一つ抜けていた。

ダゲールは、パリの光学器械商シュバリエの店に出入りして、写真暗箱の研究を続けていたが、一八三五年、ついに銀メッキの銅板の上にヨウ化銀をぬり写真暗箱で露光したあと、水銀の蒸気にあてて現像する「ダゲレオタイプ写真」を発明した。さらに二年後、食塩水で定着できることも知った。露光時間は三十分程度になった。

情報交換していたニエプスには詳細を相談せず、早く亡くなったこともあって、科学者アラゴーの協力で一人、科学アカデミーで発表し認められた。一八三五年が写真の発明された年となっている。そののちダゲレオタイプを買収した国家から勲章と年金を与えられた。


ダゲレオタイプで撮影した精緻な肖像写真は需要がふえて、貴族などからも肖像画の代わりとして注文が来るようになり、ビジネスとして立ち上がったが、原板は一枚であり複製することが出来ず、大きく売り上げが拡大するものではなかった。

一方、イギリスのタルボットは一八三四年、紙上に塩化銀を生成したものに露光し紙ネガ像をえた。さらに数年間の改良を重ね、それを没食子硝酸銀に付けることで現像する「カロタイプ」を完成させた。ダゲレオタイプと異なり、何枚も写真ができるので風景写真などにも利用された。

政治家や文化人を風刺するカリカチュア画家だったナダールは、いち早くカロタイプ方式の可能性に気づき、それを改良した画家・写真家ギュスターヴ・ル・グレイに弟子入りした。

さらに一八五〇年、北フランスの毛織物業者であったエヴァラールが考案した「鶏卵紙」は、食塩水を混ぜた卵白の溶液に紙を浸して卵白紙を作り、その後、硝酸銀溶液に浸して乾燥したもので見やすさ手軽さで肖像写真に適していた。

一八五一年イギリスのアーチャーがヨウ化カリウムを溶かしたコロディオンをガラス板上にぬり、硝酸銀溶液にいれて乾かぬうちに露光し、焦性没食子酸で現像する湿板（コロディオンプロセス）写真を開発した。

湿板の感度が高いので早いシャッターが切れ、露出時間がさらに短くなり、窮屈な姿勢を強いられたモデルたちは多少楽になった。写真館の急速な採用により、湿板写真と鶏卵紙は二十年間にわたって肖像写真の主要技術となった。


最近は政治などにも首を突っ込み、なにかと忙しいナダールが予定があると帰ってしまった後、暗闇が迫ってきてガス灯の光が一段と力強くなってきた。

いれかわりに一日中、アトリエで制作に没頭していた画家たちがカフェに休息を求めてぽつぽつと集まって、話題はいきおい美術界や絵画の話になってきた。

「またダゲレオタイプの話かい？

人間を媒介とせず、レンズと感光板だけを間にした自然の複写行為に、そんなに芸術的価値をおくのかい？」

美術批評家が退屈そうにいう。

「自然→芸術家の技術・主観・精神→絵画というプロセスから、真ん中がレンズと機械に置き換わった画家が介在しない二者関係のプロセスになった。これは大変なことだよ。創作段階から人間がいなくなったんだよ。」

画家がため息をつく。

「ダゲレオタイプから突きつけられたのは芸術家の『手』の無力さだ、現実を再現しようにもどうにもならない人間の非力ささ。」

科学者が言った。

「そして人間の眼が経験したことのない新しいリアリティの誕生だ。だってそうだろう。人間の眼は視野の全体にわたってはっきりした像を均一に残すことはできない。何かを見ているときはそれ以外は見えていないんだから。」

「しかし写真には色がないよな。これでは芸術とは言えない別物ではないか？」

保守的な画家が話す。

「鋭敏な画家はそれに気づいた。色のない写真はもの足りないし、人間が自由に創意工夫で制作する絵画とは違う。芸術とは全く違うものだ。」

「ゾラさん、今回のサロンの批評を書いてたね。そして落選画家マネの『笛を吹く少年』『悲劇的な俳優』を取り上げ、マネの気質を大いに語っている。」

新進の画家が加わる。

「色彩だよ。旧来の決まった色使いを破壊した。例えば人物の肌はヴィーナスだろうが、聖職者だろうが肌色の使い方は決まっているものだったが、マネは自由自在に色を変えてしまった。」

おくれてやって来たゾラが確信を持って話を始めた。

「ここから近いマネのアトリエに行ったとき、あの美術界で悪評の塊の『草の上の食事』『オランピア』を見た。

色価（ヴァルール）についてしっかりその機能を把握している。そんな画家はそうはいない。」

「色価とはどんな意味だね。」評論家が尋ねる。

「絵画面における明暗と位置関係の対応のことで、『色価が整っている』とは今までは色彩の明度対比による空間表現。すなわち遠景は暗い色で、近景は明るい色でという原則があった。簡単にいえば色彩の遠近法というのかな。奥行きや立体感を表すのも色彩を持って行うことだ。」

ひとりの画家が答える。

「そんな色価で全体のバランスをとりながら絵の座標軸をきめる。そのうえで壁の面や帽子の生地の様子などを従来の描き方ではなく、的確な色の色班（タッシュ）を置いてゆくような描き方をはじめたんだ。

近くで見れば絵の具のモザイクだが、数歩下がってみると一気に一つの強いイメージに形を変える。それぞれの色班が焦点をむすび形になり、圧倒的な存在感をしめす。塗り重ねないから画面は明るい。」ゾラは自分に確認するように話をした。

「従来のサロンの絵にはない力強さというか、訴えるものがあるね。サロンのお偉い方々には不躾で不遜に感じさせるかもしれんが。あの『笛吹き少年』では横笛の太く黒い線と少年の眼の鋭い一瞥が挑戦的かつ純粋だね。」ある画家が添えた。

「少し乾いたしかし伸びやかな強い線、それにみごとな色の広がり。塊が面になっているが、そこに色がその独立した存在を示している。まるで日本の浮世絵のようにキャンバス全体を生き生きとさせる強い個性さ。」ゾラは自分のことのように語る。

「タブローとは画面を説明したりでなく、毎日生きて我々が見ているエクロンが実体化したもの、独立したもののことだ。」

「しかし写真を利用しているようなところもある。」

最近写真機に凝っている男。

「写真は簡単さ色がないもの。明度差だけだ。」


「『チュイルリーの音楽会』も、『草上の食事』も『オランピア』もみんな見せたいところにスポットが当たっている。それが絵画の芯であり中心だ。見る者の眼がそこに行くように計算されている。」

「人間の眼は焦点の合ったところだけが見えている。合ってないところは見えていない。

画家が一番観てほしい部分に焦点と光を当てる。そこは最も緻密で美しい部分だ。」

「彼は絵画の中にヤマを作ったんだ、音楽の強弱のように。料理の濃い薄いのように。」

「マネは写真レンズの焦点の機能をヒントにしたのではないか?」

「それは少し考えすぎだろう、マネはダゲレオタイプの真似などしない。」

マネに心酔している画家が口を出す。

「彼はずいぶん、写真を見本に絵を仕上げている。影響がないとも言えない。」

「写真を買いかぶりすぎだよ。確かに彼はたくさん暗箱とレンズを持ってはいるが。写真が絵画に影響を与えることなどない。」

美術評論家が断定すると、反対意見が出た。

「それでいて、マネは過去のいろんな絵画史上の名作を知っている。彼の頭の中にはたくさんの絵画イメージが蓄えられているんだ。

いつも持っているリトグラフ縮刷版の名画の歴史帖『全流派画人伝』とか伝統的な図像学的な知識もある。

オランダやイタリアに旅して古今の名画にも直に触れている。」

マネの友人の画家がそう言うと、

「その豊富な知識に基づく構図や歴史的文脈のテーマなどを現代の景色の中で再構成しようとしてる。

例えば『草上の食事』や『オランピア』は過去の名画の画想を下敷きにしている。絵画史の成長点で新しい絵画を今の絵画を描こうとしている。」

「画家が、古今の世界から選び取った目に見えるものを定着すること。形にして平面の絵画に残すことでしょう。そして一枚の絵として物質化すること。意味というより美しい平面図というのか……」マネに心酔している画家がつけ加えた。

「人々に知られた名画の画想をちゃっかり拝借して、素材としての現代を差し込む。一つのキャンバスという矩形平面にいろんなヒントや象徴を残している。絵画の一枚、タブローとして独立する物になっている。」ゾラが満足げに言った。

「タブローという考え方は新しいな。そうでなくては人間の描く絵画ではないものね。」誰かが言った。

夜が更けて、当の本人のマネがやってきた。

誰も帰ろうとしない。この時代を変え、推し進めていく男がまぶしく見える。それは男がパリの高級官僚の家に生まれた生粋の洒脱なパリジャンというだけではない。彼には既成概念を破壊するものが持つオーラがあった。

一八六七年夏　パリ・キャプシーヌ街　ナダール写真館

夜も遅くなってしまった。穏やかな夜だ。今日は撮影の仕事も多く、夜半にかけて現像と定着の仕事が続いた。仕事に間ができたので、ジャックは暗室外の椅子でくつろいでいた。

ふっと物音がして店主のナダールが顔を覗かせた。

「おお、ジャック。まだやってるのか、ご苦労様だね。」

「店主、今日は大繁盛でした。処理量も多いので現像には神経を使います。

こんな遅く何かご用ですか?」

「カフェ・ゲルボアの集まりの帰りだ。店に忘れ物をしたので戻ってきたよ。」

「有名な新世代の画家や作家の会ですね。ボードレールさんもお元気な頃は出られていた……。」

こうやって店主と直接話ができる機会は滅多にないことだ。自分のことをできるだけ知ってもらおうという気持ちもないではなかった。なにせ相手はパリ中に名の知れた有名人なのだから。

「よく知ってるな。新しいものが生まれるのはああいう場所からだろう。彼らが掴み掛らんばかりの勢いで、激論を戦わしているのを見るのは楽しいものだ。

毎回いろんな話題がでる。私にはよく分からん話もあるが。」

ナダールは少なからず首を突っ込んで、いろんな世話も焼いた。まったく新しい技術や芸術動向については目がないというか、居ても立っても居られない性分だった。

「マネさんですよね、中心になっている画家の方は。今日も面白い話題でしたか。」

「興味があるのか。彼らはきちんと西洋絵画の伝統を勉強し、絵画の技術もサロンに応募する程のものを持っている。それなのにフランスの絵画界をぶち壊そうとしているんだ。

理屈で絵が描けるわけじゃないんだが、議論は真剣そのものだ。

中途半端な考えだとすぐ論破されてしまう。」

「店主、ご機嫌ですね。」

ナダールは少し酔いを見せながら上機嫌だった。

ちょっと途切れたのでジャックは話を変えた。

「ボードレールさんがお亡くなりになってお寂しいでしょうね。」

「そうだな。あいつとは長い付き合いだった。初めて会ったのはリュクサンブール公園だったかな。私が人々の風俗を写生していると、覗き込んで来た。その後芸術や社会のことを話して意気投合した。

　そのまま最上階のボードレールの部屋に転り込んでしばらく居候をしていたよ。黒人の恋人ジャンヌも居て奇妙な三人生活が始まった。ジャンヌを挟んでボードレールとの駆け引き、猜疑、口論、不安……。酔っているな、少ししゃべりすぎた。」

「まさしくボヘミアンの生活ですね。憧れです。」

「あの頃は一秒もじっとしていられないで放浪していたな。

　口凌ぎに短いコラム仕事をもらったりしていたが、何かいい話があるとすぐ飛びついた。お陰でいろんな人と知り合いになれたよ。」

「激動の時代でしたからね。」

「二十八歳の時があの二月革命で、その後の六月蜂起も経験した。

　ポーランドに行ったこともある。こんなに面白い時代はない。

　その頃、ユゴーやバルザックなどの『文芸家百人の肖像』をデッサンし、ちょっと有名になった。

　自分は文章よりも場面や人物を一掴みにするカリカチュアの方が向いているし面白いと思っ

たよ。」

「そしてあの有名なパンテオン・ナダールを発表するんですよね。」

「三十歳を超えて今の時代をなんとか表したいと、文筆家・劇作家・美術家・音楽家など有名人、千人以上をみんな家に呼んでスケッチした。

そのとき弟が写真を仕事にしていたので、写真に撮ったものもある。ここ百年の新興ブルジョアの年鑑のようなものだ。」

「そして写真に出逢ったわけですね。」


「気球からの写真は私も覚えています。パリの上空から鳥の目でみた新しい眺めでした。」

「今から十年も前のことだ。気球は昔から興味があったからね。八〇メートル上空から撮影したら、鳥瞰写真が残せると思った。気球はよく揺れるんで苦労したよ。

上から見るともうパリの大改造が始まっていた。皇帝の白地図を見ているような気がした。

写真は軍事的な情報価値もあるものだ。陸軍はいろいろほしがったよ。」

「そして地下の古い墓地の遺跡の写真もパリの人々を驚かせましたよね。」

「オスマンのパリ改造のはじめは地下の大開発だ。馬車が通れるほどの巨大な下水管を計画し、その中を一五〇キロ先の取水口から引いた飲料水を上水道として通すという奇想天外な工事だった。

そのために地下を掘っていて地下墓地、つまりカタコンベが見つかったというわけだな。パリの大通りにアーク灯が立てられ始めた頃だったから、暗い地下の撮影に使えると思ったんだ。」

「ところでジャック！　君のことはあまり知らないな。どこが故郷だったかな。」

少し酔っているのか。店主は呼吸も荒い。

「南フランスの田舎町です。今年十六歳になります。」

「お父上は、なにをされてたんだ。」

自分のことを聞いてもらえるうれしさを隠しながら、

「父は若い頃、軍務で海外にでかけ除隊後、新世界で一山当てたらしいです。そこで結婚した母が病に冒され、治療のためにフランスに戻りましたが私を産んだあと、母は亡くなりました。そして私が十歳になる前に父も後を追うように死んでしまいました。」

「そうか、天涯孤独の境遇なのか。」

「しかし私には生活には困らないほどの遺産が残ったので、好きなことをやろうとしてるんです。

財産は伯父が管理してくれてますし。」

「寂しいがそれでも幸運な身分だな。写真術はまだ未完成の技術で急速に発達している。習得するには機材や材料に金もかかるしな。」

ナダールは優しい微笑を浮かべて、

「ジャックは、なぜ写真をやろうと思ったんだ。」

にぎやかな町の喧噪や、帰宅を急ぐ馬車の車輪の軋む音が夜半の街路から伝わってくる。

「あるとき中学校の授業で美術教師が話してくれたんです。

『我が偉大なるフランスはさまざまの物を発見し発明した。

三十年前に発明されたダゲレオタイプはデッサンが出来なくても、すぐ誰にでも緻密な写し図が作れる機械だ。

外国に行っても一日でなにを見てきたか分かる。

(百聞は一見にしかず)と言う諺どおりのものだな。』

私は黙って、しかし注意をそらさず聞き入ってました。

教師が手元の一冊の本を指し『これが写真集というものだ。』

それは小さかったが、私には黒い宝石箱のように見えました。」

ナダールはうれしそうな笑みを浮かべて、

「君の先生はなかなか、時代の先が読めるな。」

「またあるとき、父が話をしてくれました。

『俺が軍隊にいる頃、資料室で面白いものをみた。マキシム・デュカンという文筆家が暗箱とテントをもって、エジプトやパレスティナなど中近東で撮影した時の写真集を見たんだ』と。父は初めてエジプトの神殿など古代遺跡の写真をその時見たのです。」

ナダールは昔を懐かしむように口を挟んだ。

「あの頃は写真の黎明期だったな、当時はまだカロタイプという技法で暗室が必要だったし、ロバの背に暗箱と現像の薬品など一式を載せた荷物が大変だったらしい。

そしてエヴォラールの印刷所はいい仕事をした。あの『エジプト・ヌビア・パレスティナ・シリア』は傑作だ。スワンの写真製版法で作った写真集は生き生きとした見事なできばえだ。

あ、すまん、すまん、君の話だったな。」

「はい、それで中学を出たら、最先端の仕事である写真技術を身につけようとパリに出ました。伯父の紹介で、知り合いだったギュスターヴ・ル・グレイに師事しました。」

ル・グレイが考案したカロタイプは蝋などの油脂をしみこませた紙をネガにする方法で、一枚の原画から複数の写真ができ、遠隔地の旅行になんとか携帯できた。

「で、一通り覚えた後、ギュスターヴの紹介でこの写真館に採用してもらったんです。」

「なるほど、そうか。

これから写真をやるんであれば、一言アドバイスだ。

写真の理論や現像の技術などは一日程度あればだれでも分かる。学ぶことができないのは光に対する感覚だ。

異なったあるいは複合した光源がもたらす効果を芸術的に把握することは難しい。

これは人物を描き出すあれこれの陰影を理解することで芸術的な直感力が必要だ。

ルーブルに陳列されている絵画や新聞のカリカチュアなど絵に関するものをいつも観て肖像画を勉強した方がいい。」

「店主の肖像写真はいつも勉強になります。シンプルな背景を使い、瞬間の撮影でその人物の人柄や生活を想像させる写真がどうしたら撮れるのでしょうか？」

それに答えず微笑しながらナダールは、

「そうだ今度、機会があったら君もカフェ・ゲルボアに連れてってやるよ。」

店主は上機嫌で帰って行った。ジャックはかの有名なナダールに特別の扱いを受けたようで気分が高揚していた。

一八六七年秋　パリ　カフェ・ゲルボア

ある日の夕方。ゲルボアで上品な二人を中心にさまざまな議論が交わされている。

「ニュートンがリンゴが落ちるのを見て『万有引力の法則』発見したが、世の中には見えざる力が働いていると考える人が居る。

人間社会の道理についても法則が発見されれば国王や教会に従わなくても人々がまとまり、共通の道しるべになるという。」

ジャーナリストが話し出す。

「最近、サンシモン主義者が唱えていることか？」

相手の政治家志望者が受ける。

「科学技術の発展を経済や市民生活の改善に結びつけようとする思想がサンシモンやフーリエによって唱えられているが、ナポレオン三世も影響を受けてるらしい。」

「自然科学の道理、これらが今やどんどん発見されてきて、世界が説明できるようになってる。熱力学、統計力学、電磁気学などすごいな。」

一口、ワインを口に入れて、

「それにつれて技術の進歩は目に見えて進んできたね。具体的にいろんな工事に生かされている。それは金持ちにも庶民にも同じような便益をもたらす。」

ジャーナリストが説明する。

「パリ市内でも凱旋門のある広場は二四〇メートルも直径を広げられ、そこから放射状に十二本の大通りが伸びる統一感のある都市作りが姿を現している。

通りの左右には高さがそろえられた建築物が整然と連なっている。

その立派な建物の間ではファサードというガラス張りの明るい天井空間ができた。そこには様々なものが売られている街路ができている。」

政治家を志している男も口を挟む。

「それまでは買い物は価格が決まっていなくて、市民は欺されることもあったが、定価販売で商品の品質も安心できる『デパート』ができた。

初めにできたデパート『ボンマルシェ』から十年ぐらいしか経ってないのに、もう競争相手『プランタン』がグラン・ブールバールにできた。パリ右岸最大のデパートだ。世の中の進み具合が加速するかもしれない。」

元役人が口を挟む。

「一方で時代について行けない人々もいて、周辺から流入する人口で物価は上がっていくし、パリ改造で取り壊された貧民街から吐き出された貧しい人は家を失った。

急速にフランス全土に張り巡らされるようになった鉄道の恩恵で国内の旅行は便利で早く正確になった。しかしそれを利用できない人々もたくさんいる。」

「科学技術の成果をそんな貧しい人々に分け与えてみんな豊かになろうというのがサンシモン主義者たちの考えで、それに影響されているのが皇帝ナポレオンというわけだが。」

元役人は、

「そういえば、皇帝が労働者にも住宅をと今年、パリ十二区にできた『労働者協同住宅』は上下水道が付いた三階建てのアパルトマン（団地）らしいね。」

「万事いい方向に進んでいるようにみえるが、その大改造の資金を担ったペレール兄弟の銀行『クレディ・モビリエ』が破綻してフランス銀行に身売りをしてしまったらしい。」投資家が答えた。

「投資は明日の人類が生えてくる『堆肥』のようなものだと、派手に債権を摺りまくってパリ大改造をしたが大丈夫なのか。」


政治向きの話は敬遠されて、画家が話を変えた。

「それは人間を含めた全部に言えることなんだね。芸術分野でも写実主義という科学的精神が意識され始めた。」

美術評論家がまず問題を提起した。

「モデルニテとは毎日、目にしているようなありふれた日常が芸術のモチーフになるという。」

政治家志望の男が相づちを打つ。

「そうなんだ。写真に写るものやことを意識しだしたんだ。

それまでは、目にもとめなかった景色があらためて、外界の自然として区別され見る対象になった。」

「つまりは現在の日々の生活こそが『自然』を眼前にしているという考え方だ。未来も過去も

『自然』ではない、人間の頭の中にあるものだ。」

小説家が付け加えた。

「自然科学の考え方が基本にあるのかもしれんな。」

政治家がつぶやく。

「それじゃ、いままで歴史画のモチーフだったギリシャローマの史実やキリスト教の教えや哲学者の警句など高邁な考えを表現できない。」

ブールバールの並木で色づいたプラタナスが、秋の光を受け、かろうじて暖かさを残して、軽やかに舞う。

乗り合い馬車がひっきりなしに通る。石畳にたてる車輪の音が小気味よい。

「驚いただろうね。これが本当です、科学的真実ですと示されたわけだから。」

「そうだ。現実の姿や『自然』もいいけども、世界は新聞のカリカチュアみたいに皮肉で辛らつなものだけで出来ているわけではない。」

別のジャーナリストが呼応した。

「それは絵画の仕事じゃないとしたんだよ。もっと美術として新しい美を模索しだしたんだ。」

「しかし普段、飽きるほど見ていると思っていたはずなのに、改めて見ると確かに意識してなかった景色だ。

それを改めて提示されると、もどかしい剥離感というか、冷たい疎外感さえも感じる不思議な世界が現れた。」

詩人も感得したのか付け加えた。

「今までの絵画はイコンあるいは美術上の約束事を通して理解できた。自分の頭の中にぼんやりとしたイメージがあり、絵に描かれた絵画のイコンとの親和性があって、絵画を見ている観客は自分の思念と合致して理解できたのではないか?」

「なんとなく、分からないでもないが、難しいな。」

政治家の卵が疑ったような、理解できないような顔をした。

「マネの描くモチーフは『今、ここに』、彼の目の前にあるものだけだ。マネは下絵をかく手法『グァッシュ』でさっさっと描き留める。」

美術評論家が言う。

「歴史的意味もお決まりのルールも未来への思いもなく、『ただ今のパリの街角の景色と人々』を描き写すだけだ。

あたかもさっさっと見ましたよと言う程度の関わりだ。

これは絵画の大転換だ、マネ以前にこんなテーマに関心を持って絵にした人物はいたのか?」

若い実業家も発言する。

「ここにきて景色が急に意味を持ったとすれば、オスマンのパリ大改造のせいだろうね。みえる風景が大きく変わった。

そこに居合わせていた人々は光景の激変と、時間のスピードアップを感じただろう。」

美術評論家が感慨深く頷く。

「マネは自分の街パリを明るく描いた。若い芸術家たちに希望を与えたのだ。もちろん大改造で道幅は大きく、ビルの高さも一定に揃えられた。

以前の貧民街の小さな空は明るくなり、新しいビルの反射で街中に陽があたるようになった。夜には人工照明も輝くようになった。

改めて現前の新しい見たこともない景色に目をこらし始めたんだ。

言葉に酔いしれるのではなく、パリの至る所で起きている新しい一瞬をしっかり凝視することを意識し始めた。」

画家の一人が、

「散歩の好きなマネはアトリエに閉じこもらず、動き出しているパリ全部を題材に選んだんだよ。

それを一身に感じながら歩き続け、彼のエクランを当て続けている。」

「でもマネは歴史的絵画の多いルーブルで模写しているし、アトリエで制作している。従来の絵画ではなくモデルニテな意識が芽生えたのはなぜだろうな？」

「何か時代の精神というものが動いているんだよ。文学や詩の世界でも新たな表現が増えている。」

詩人が話しに加わる。

「彼はダゲレオタイプの影響を受けていると思うよ。いくつか所有していると言うじゃないか。」

最近、写真を始めたブルジョア紳士が言う。

『今、ここ』の眼前の光景が『対象化』される。ダゲレオタイプになる。

でも美しい色彩のパリの風景でなく、白黒の味気ないあの画像、デッサンの参考ぐらいにはなるかもしれないが……」

「科学的な説明は理解できても、像として出てきた一枚のダゲレオタイプを初めて見たとき、彼の中にあった絵画に対する認識が変わったはずだ。」

マネを賛美している画家が付け加える。

「写真の誕生は画家たちにいろんな否定的な気分をもたらしたが、マネは前向きの対応をしたんだ。

写真の完ペキな正確さ、見えていることがそれ以上でも以下でもないなどをマネは理解している。」

文芸評論家は、

「でもマネは、この間こんなことを言ってたよ。『写真は絵画の下僕さ。』とその役割にあまり価値を置いてないようだった。

外で長く時間を使って絵を描くより、アトリエで自然のエキスを考えながら描く方が上手くいく。

写真はスケッチの一つだ。ダビンチの頃から絵を上手く描くための道具なんだよ。そんなものに男が一生をかけるのかね。」

「マネは写真には精緻さでかなわないが、やはり白黒しかない絵。色彩を極めれば絵画の新しい方向が見つかるかと思ったのかもしれないね。」

「それはボードレールの影響さ。彼はこんなことも言っている。

『色彩の中にはハーモニー、メロディ、そして対位法が見いだされる。

音楽の独立した価値を生む基本的要素のようなものが色彩にもある』と。」

もう一人の画家がつぶやいた。

日も傾いて並木を渡る風がすこし寒さを感じさせるようになってきた。

誰かが揺らすパイプの煙の香りが深まる秋の気配を否応なく感じさせてくれる。

一八六八年冬　パリ郊外

昭武は一当《ひとあ》たり各国歴訪を終え、十二月にはパリに落ち着き郊外などにもドライブするようになった。

そんなある日、ジャックも遠出に誘いを受けた。

すでに外気はかなりの寒さなのだが、明るい空は気分を高めてくれる。これから曇りが多い季節になるのだ。

「ミンブ様、お久しぶりです。

おや、髪を切られたんですね。

洋装もお似合いで、とても活動的にみえます。」

やはりお若いのだ。また気品もある。

この頃は通詞なしに日常のフランス語を多少は話されるようになっていた。

「欧州各国を駆け足で回ってきたよ。」

「それぞれの国の様子はいかがでしたか？」

ジャックはフランス国内しか知らないし、ミンブのような高い視点で世界をみたことはない。

話を聞いてもジャックには想像すらできないことを経験されたのだろうと思った。

「イギリスに勢いがあったね。

やはり石炭と鉄の産地を近くに持っているのが強みだ。

採掘した石炭を使った蒸気機関で人間の力を遙かに超えた仕事ができる。また石炭を使って製鉄した鋼鉄を使えば大砲だって、軍艦だって造れ軍事力を強化するができる。

ロンドンなど都市は労働者が増えて急拡大して、労働者が消費する石炭が増えているよ。そのせいかロンドンは少し空気が汚れているが。」

「他の国はいかがでしたか？」

「イタリアは歴史的遺産が多いし美しい風景に恵まれているが、小国に分離していて国としてまとまっていない。統一運動のまっ只中だ。

ベルギーは三十年ぐらいまえにオランダから独立した小国だが、統一されていて皇帝は自国の優れた物産を国外に積極的に売ろうとしている。国を富ませることを考えている。やはり鉄と石炭が豊富だ。」

ジャックは欧州各国の発展を聞いている内についロを挟んでしまった。

「欧州は今、それぞれの国が競い合って、新しい技術や製品を作りだそうとしています。途方もなく大きな時代の波が押し寄せています。フランスもイギリスもオランダもみんな、自信をもって懸命に走り始めています。」

「君もよく、勉強してるな。」

「新聞を読んだり、ナダールさんに時々話を聞かせてもらっているんです。」

昭武は大きく胸を膨らませるように遠くの森の緑を見ながら通詞に話をした。

「西洋の技術や社会を可能な限り経験されて、蒸気船にも汽車にも乗られました。鋼鉄製の巨大な軍艦も重装備の軍事演習もご覧になり、また轟音が響く製鉄所も……。今度、気球にも乗られるそうです。

様々のことが民部様の中に雑多に詰め込まれておられますが、いちいち何なのか理解される前にとにかくできるだけ観て貪欲に吸収されるそうです。

全てが大きく変化している。

石炭を使って蒸気機関を動かし、紡績や製鉄をするようになったここ五十年間のイギリスやフランスの変わり様は凄いものだ。

我が国はそれに比べ農林漁業ぐらいしか産業がない。

西洋の知識を取り込まなければ。今度、観たパリ万博のような大きな催しも日本に帰って江戸でやってみたいとおっしゃっています。」と、さすがに込み入った会話は昭武もやはり通詞経由になる。

「私などに比べれば、遙かに新しいものや人目に触れないような場所にお入りになれるのでしょうね。」

ジャックは羨ましそうに応えた。色の少ない冬枯れの景色の中をそのとき、自動車で軽快に走っていたのを覚えている。外はとても寒かったはずなのに、車内はそれほどではなかった。

しばらく昭武が黙るときがあった。

窓外の景色を眺め何かを思っているような様子だった。

（長州や薩摩から派遣された留学生が来ていた。軍艦を購入したり、国の成り立ちを勉強したりしているらしい。

特に薩摩はイギリスとの繋がりを強めている。交易を幕府抜きでやるつもりなのか。

今回のフランスとの借款交渉が難航しているのは薩摩が裏で画策したイギリスの差し金のせいだという者もいる。

幕閣は頑迷な者を除いて海外と通商して、富国強兵を成し遂げて攘夷を実行する『未来攘夷』派となっている。

しかし勤皇と称する者たちは即時攘夷の実行を叫んで幕府を責め立てる。

西欧列強はそれぞれが東洋の支配を考えて動いている。

自分たちは歓待はされているが、彼らの頭の中は自国の植民地獲得競走のことでいっぱいだ。

彼らの前で幕府か勤皇か開国か攘夷かと国の中で内向きの争いをしている時ではない。）

この頃、徳川幕府はフランス式の軍隊の編成費用資金の手当ての重大な時期を迎えていた。

昭武ら一行の使命の一つでもあったが仏からの借り入れに難航していた。

しかしこの時兄の将軍徳川慶喜は天皇に大政を奉還していたのだ。

昭武が突然、眠りから覚めたように通詞に話し始めた。

「ジャック殿、民部様は最近、パリ東北の新市域にできたビュット・ショーモン公園を見学されたそうです。

かつてはパリ市外で刑場や採石場、し尿処理場などがある悪臭立ちこめる場所だったらしいですが、このたびイギリス式の壮麗な公園に作り替えられて市民の憩いの場になっているそうですね。

皇帝は市民のことを考えて様々な新しい施設を完成されている。

パリの胃袋レ・アールの中央市場も見学されて、全十棟が完成したガラス張りの大きな建築物だそうですね。皇帝が光の入るガラス張りにしろと当初の計画を変えて指示されたと聞く。

これほど巨額な資金を投じて変革を起こしている国は珍しいとおっしゃっています。」

「皇帝は、イギリスに負けじとフランスを立派に強くされたいようですが一方でまた、クリミア出兵以降戦争も多いですよ。

すみません、差し出がましいことを申し上げました。」

昭武はぽつりと「そうか」とだけ答えた。

その後、年が明けて昭武は留学に専念するようになり、お付きの武官ヴィレット中佐の作ったカリキュラムをこなす毎日だった。

ジャックは時々、昭武の散歩にも付き合った。

「二月からティソー先生に画学を学びはじめたよ。遠近法とかデッサンとか。

君が学んでいる『フォトグラフィ』と同じだね。目で見えているように描くんだ。」

「ジャック、パリでは今、日本の浮世絵が注目されているらしいが、どんなところが興味を引いているのだ。

私はあまり浮世絵のことを知らないんだが。」

「そうなんですね。今やあのマネもゾラも、ミンブ様の先生のティソさんもとても夢中になっておられます。」

すこし考えてジャックは言葉を継いだ。

「まず欧州の美術で、世界を写し取る一つの方法だった『遠近法』が浮世絵にはありませんよね。

実に絵が平板ですが、それでも絵画として成り立っています。

まるで西洋美術の立体感など興味ないし、見たものを忠実に再現するなんて絵画の仕事ではないとでも言っているみたいです。」

「それは木版画だからじゃないのかな？

フランスにだってカリカチュア画はあるし、同じようにリアルに描かず、大胆に誇張している絵もあるではないか。」

受け売りの感じもしながら、

「見てきたものを記録するのではなくて何かを伝えること。印象ですよね。自分はこういう風に見えたんだという。

また色彩が美しく象徴的です。人々がいつも選ぶ色でもなく、現実のリアルな色でもなく、絵画全体から見ればそこにあってほしい色を配置しているというか。」

通じたかなと思ったが昭武は、

「だから、浮世絵の不思議な画面に、パリの画家がみんな、夢中になったんだな。遠近法を使わなくても絵が描けると。そして君が勉強しているフォトグラフィとも違うな。」

さすがミンブ様は絵心がおありになるとジャックは感心した。

一八六八年　パリ　カフェ・ゲルボア

マネのサロンによく顔を出している詩人が話をはじめた。

「この頃マネはメキシコの事件に題材をえた『皇帝マクシミリアンの処刑』というテーマに取り組んでいる。マネはこれを大きな歴史画として構想している。」

ジャーナリストが話を受けた。

「フランスのメキシコ支配を目論んで、ナポレオン三世が行き当たりばったりの施策を行い、政治的犠牲となった元オーストリアの貴族マクシミリアンは、昨年、フランス軍が撤退した後、メキシコの住民に銃殺された。」

詩人が答えて、

「写真でこのセンセーショナルな場面が報道されたが、修正がされて事実を曲げて伝えていたことが分かった。

真実を記録しているはずの写真が自己否定したわけで、マネは絵画の方が主張を貫く点で力があると思ったのか、大きな歴史画に仕立てようとしている。」

画家たちもよく来るカフェでは、白黒にもかかわらず、絵画に似た写真の技術を話題にすることも多かった。

ジャーナリストの男、

「写真は人間の脳髄を通さずに、機械的に乾板にとどめているだけに人間の捏造をいれないという美点がある。」

「でもマクシミリアンの場合は改ざんされたぞ。」

詩人は応えて言った。

「確かに、キャンバスに絵を描いているときは無意識に選んでいる。どれかを省いている。全部を均等には見ていない気がする。」

「しかし写真は過剰に写しこむ。入り口のゴミ箱や塀の汚れやパン屋の看板のヨコに、靴磨きの案内が貼られていたりしている。無秩序で突発的で、徒《いたずら》に饒舌すぎるのだ。どれに集中すればよいのか分からず、視線が拡散して行くだけだ。」

「でも、そこにあったのですから。それは消しようもなく、存在していたわけですから。」

と品のよさそうな青年が反論した。最近、競馬場の絵がカフェで話題になっている画家だ。

「それに比べ絵画は必要なものだけ選んで、画家の狙う構図で大きさも選べ、思うようなところに並べることが出来る。

調和と節度があり、それこそが人間の心の居間にふさわしい。

今回のマネのマクシミリアンの処刑にしたって、真実を呼び覚ます大きな感動を観る者に与えるだろう。」

と詩人が画家を無視するように結論づける。

「確かに乾板のガラス面に写る細部は素晴らしいが、平板な絵すぎてどんな言葉も紡ぎだされない。それが人の介在を入れない科学的正義のはずなのか。冷たい機械の眼だな。」

ジャーナリストも応援する。

そのドガと呼ばれた画家は母親がアメリカのルイジアナ出身のせいなのか、名家に生まれながらパリ人の持つ洒脱さや闊達さを併せ持ちながら独特の視点があり、生粋のパリっ子マネとも異なる雰囲気を持っていた。

もともとはサロンで名をなすつもりで絵画を学び、たぐいまれなデッサン力で群を抜いていた。

コスモポリタン的な性格で、一つの典型にはまらない生き方をしていた。

そしてその場にじっとしてはいられない、どこからか来てどこかに行ってしまうような、常に乾きを覚えているような動きをする。

そして時に寸鉄を刺すような言い方をした。

「でも乾板に写ってしまうのだから、それを絵画の眼でみて、あれこれ評価するのはどうでしょう？　全く新しい技術であり、新しい美ですよ。

なににもまして、一分も経たないうちにものや風景の形や姿を写し取ってしまうことには驚いてしまいます。

眼の見たものの素晴らしい保存方法が現れたと思います。

確かに目の前の光景は永遠に続く『今・現在』のように思えてますが、この場所は永遠にこうではない。

いずれは失われたり、新しく変わったりするものです。」

ジャーナリストが反論する。

「まあ第一、写真に写ってしまえばそれで、とんでもなく詳細な像を得られたわけだし、いったいなにをそれ以上写真に期待をするんだ。」

この新しい高価なシステムを購入して試してみた科学者が少し助けた。

「しかし何年も忘れていた写真を見直した時、いろんなものが蘇ってくることもあるな。

逆に写真を媒介としてその当時の立場や気持ちが舞い戻ってくることもある。それはやはり精妙な細部があるせいではないか。そのときは、見ようとは思わなかった部分が語るというか。静止したものや人物だけが写っているのに、前後の心の状態や人間関係まで思い出す。まあ実際は手帳の記録をみると違っていたりするあやふやな記憶だがね。」

一方、ジャーナリスト志望の男。

「文章には順序がある。いつも冒頭から読んでいないと先は分からない。途中のノン一つで話が逆になることもある。

その順序にそって否定したり仮定したり、補足したり修飾したりしながら、一つの大きな考えが伝えられる。」

ドガはさらにつけ加えて、

「写真を見るときは、筋の通った鼻だな、つぶらな瞳だななど、自分の興味が湧いた部分から好きなように見てしまう。

あるいは衣服に興味があればスカートの緑の織物の素晴らしい技巧に、まずうっとり見とれたりすることもある。

気になれば全く関係のない背景に飛んで、壁の大小のシミに思いを巡らすことも出来る。

自由できままに子供が好きな物をつまみ食いするように、写真の上を漫歩すれば良い。自分の眼のほしいままの愉悦の時間だ。」

詩人が反論する。

「眼の愉しみもけっこうだが、写真をつかって議論などできない。言葉は抽象的で哲学的な、具体的にイメージし難い内容を話すことも出来るだろう。より深い世界といおうか。

かたちになっていないもの、現世にありそうでないもの、まだない未来のことに言葉のロープをかけて探ることができる。

『雪のような』という隠喩を使って、北国の人に砂糖のことを想像させることができる。

言葉をつなぎ合わせて、素材の言葉と眞反対の概念を表現できる。

人々が想像できない異形な世界さえ垣間見せることが出来るかもしれない。」

ドガはさらに写真を弁護する。

「写真は深い意味もなくあからさまにそのものであり、なにか判断や感想を伝えてくれるような言葉の能力はないが、その融通のなさが科学的断片的証拠となるとも言える。

そして写真は詳細な光景を几帳面に記録できる。

そしてどんな視野からでも何回でもそれを観ている間は眼の愉しみだ。」

ジャーナリストはうんざりしたように、

「しかしそれがなんなのだ。どんな意味があるのだ。

ただ線や形をなぞっているだけ。画家の決断に富む線ではない。それは背景だからで主役ではないからだ。一瞬、垣間見たもの、それだけだ。

忠実に描かれてはいるが絵画とは全く違うものだ。」

ドガがなお食い下がる。

「写真で面白いと思うのは静止した姿です。あらゆるものが動きを止める。私は美しいモノや美しい風景の写真もいいが、やはりパリのそこここで動いている人々や街角を一瞬に止めてしまう写真が面白いと思う。

そしてその止まった姿がこの世のものではないように思えるんだ。」

皮肉屋のジャーナリストが口を挟む。

「天才の君より精緻なデッサンを一分程度で作れるのが写真のいいところだしね。あれで色彩が付いていれば画家は真っ青だ。」

「混ぜっ返さないでほしいな。静止したこの世界は、我々が日々見て感じている世界と違う。いわば時間の襞《ひだ》の中に隠された、裏の世界です。我々が生きている時間の確かな一部なのにね。」画家は自説を更に言いたてる。

「相変わらずよく分からない難解な話をするんだね。

写真は隅から隅まで正確な線描も豊かな階調もあり、のっぺりとして量感には乏しいが、律義に再現している。

とはいえなんとも面白くない。何が言いたいのか。

何に主題があるのか、ただこの世界の果てしない広がりの細切れに過ぎないのではないか。」

ドガは自分の考えを確認しようとするように、

「それが日々生きている我々が、ふっと眼前の飛び去る光景を静止固定して、改めて眺めることの奇妙さというか、世界はしげしげと観るとこんなにも奇妙奇天烈なものだったんだとね。気づいたりすることがあるんだ。」

「……。」ジャーナリスト。

「言葉にならない世界が見えるということか？」

「確かにこの世の光景なんだが、どう言葉にして説明すればいいか分からないなんとも不思議な写真もあるよね。」

少しドガを認めるような発言がでると、勢い込んでドガは、

「その、言葉が出てこないところが肝要なんです。

それ以上言い表せないところで改めてじっと見る。

そこに今まで当たり前の取るに足らないと思われていたものが、清新な違った何かに見え始める。不思議な再発見の瞬間がくる。」

畳み掛けるように、

「目の前のただの白いカップが何段階かの影のグラデーションを持ち、輝くようなスプーンの反射があり、優美な取っ手があることに気づく、今まで見たこともないような。それを写真に撮ることで改めて再提示するのだ。」写真には完全無欠の像がある。

ジャーナリストはまだ納得できないようだ。

「君のような一流のデッサン家には喜悦にあふれる日常がそう見えるかもしれんが、生活に追われる凡庸な人々には、そんなもの片付けを忘れたテーブル上の食器に過ぎない。」

議論は白熱してきて、ドガの聲《こえ》も大きくなってきた。

「私が写真を使うのは一枚の鏡としてであって、あるいは観ていたようで見ていなかった手足の動きや、木々の枝の擦り合いや人々の行き交いを一瞬に切り取ってくれること。つまり短すぎて眼には見えない瞬間を止められることさ。」

周りの人々は怪訝そうだが、言葉が出ないのでドガはさらに続ける。

「私が立ち止まってシャッターを切ったとき、その場の周りには沢山の人々が行き交っていた。しかしその光景に気がついて写真に残そうと考えたのは私だけだったのだ。人の気づかない、人に見えない素晴らしい宝物を拾ったように。」

ドガは何か世界の秘密にでも遭遇したように一気に語った。

「それはまさに私だけなんだ。あれほどの衆人環視の中でありながらも。そしてその瞬間はもうすでに高速で過去に飛び去ってしまい、まるで証拠のように一枚の写真が残ることになるのです。

不思議な時間だと思いませんか？」

ドガは一呼吸して結論づけるように、

「それはまさしくこの世に存在した時間の断面なんです。誰が止めようとしても絶対止まらぬ時間、無遠慮に積み重なっていく歴史、そんな時間を剥離し刻んでみることができるのだ。

いわば世界を『微分』することができるんだ。」

周りの人には真意が伝わらなかったようだ。

「高等数学の概念だな。しかし絵画の分野でそんな束の間の光景にどのような意味があるかだな。科学の分析なら別だが。」

ジャーナリストは突き放すように言う。

「皆が気づかない当たり前ということ、見なくても分かりきっていることというのは新しくないということだろう。

なんだ、こんな同語反復の議論は。」

会話に加わっている人々の間からいらだちが出始めた。

「世界の謎の一片から真理を垣間見させてくれるのか。解剖した内臓の断片のように。」

科学者が口を挟む。

「そんなことはない、像というものは正確であればいいというわけではない。人間の眼が人間の性格を見抜くこともあるし、ポイントを捉えているからだ。そしてそれは凝視から生まれる。」

画家志望も反対した。

激論が続くうちに、政治家志望がふっともらした。

「神秘的な話になってきた。別の世界が現れる一瞬を待っているということか。日常の中に地下世界の入り口が存在するとでも言うのか。」

彼は少し飽きてきたようだ。話題を変えた。

「ところでナポレオン三世の第二帝政は黄昏を迎えつつあるようだ。あれほどパリ大改造の大仕事をやってのけたセーヌ県のオスマン知事にもそろそろ終わりが来るようだ。」

ジャーナリストが話し出した。

「オスマン会計の底知れない魔法が解けかけている。打ち出の小槌のように改造予算を使ってきて、確かにパリの労働者の仕事は増え、街は美しく衛生的になり便利になった。だが借金が恐ろしい額になってきている。」

「また、このところの物価の上昇は酷いな。」

「不動産騰貴もうなぎ登りだ。」

「オスマンの魔法とは何だ。」

ジャーナリストが説明する。

「十年前に『公共事業金庫』という組織を作って、市発行の譲渡証書を元に資金を借りた。しかし、これが焦げ付く可能性が出てきたらしい。

オスマンの反対派が追及している。内務大臣もかばいきれないらしい。あとは皇帝の腹一つ。」

「あの、オスマンが首か？　まだまだ工事は残ってるのに。」

一八七二年　パリ　カフェ　ヌーベル・アテーヌ

二年前の八月に、ナポレオン三世がビスマルクの駆け引きにまんまと乗せられて、始めたプロシアとの普仏戦争は兵力も兵站も準備が整わず大敗してしまった。

なんと三世自身がプロシアの捕虜になってしまったのだ。

突然、政治の統治力を失ったパリは混乱に陥った。

プロシアとの国境のアルザス・ロレーヌの割譲など講和条約はかろうじて纏まったあと、プロシア軍は直ちにパリを包囲した。巨額の賠償を払わされると不満の国民は、ついに、翌年三月、武装蜂起を起こしパリコミューンを成立させた。

しかし三ヶ月も経たないうちに第三共和政の政府軍隊によって鎮圧され、三万人近い犠牲者

一八七二年　パリ　カフェ　ヌーベル・アテーヌ

が出た。

第三帝政下では、サンシモンやフーリエの社会主義的思想が拡がっていたが、パリコミューンの失敗で再び政治は反動的な様相を呈してきた。

その後、パリに進駐していたプロシア軍も引き揚げた。

まだまだ瓦礫の残る市街だが、少しずつ戦前に戻りつつあった。

一時はパンや肉がなく犬やネズミさえ食べて市民は飢えをしのいだが、ようやく人心も回復しつつあった。

戦争が終わってみれば積極的に共和国に報いたもの、逃げ出したもの、残念ながら戦争の犠牲になったもの、平時を取り戻した人々の間には様々な心理が交錯した。

例えば写真家のナダールは勇敢に気球を使ってプロシア軍の包囲網を破り、政府の重要人物を逃がしたりしていた。

マネとドガもパリを守るべく市内に残り市街地を走り回って奮闘した。ドガなどは慣れぬ砲兵に従事し発射時の閃光のせいで、目をやられてしまった。

画家たちの集まりはゲルボアから一区画離れたヌーヴェルアキテーヌに移っていた。

ジャックはナダールの紹介で会の隅で話を聞くようになった。

ドガが今日も意気軒昂だった。

「セザンヌ氏はエクサン・プロバンスの有力者のご子息で将来の街の指導者になる方だから兵

役は免除なのだし、同じ故郷のゾラ氏はあやかって保護され、戦後のことを考えちゃっかり疎開していた政府に職を求めたり、知事選挙にも立候補されたようですな。」

ゾラはあまり抗弁はしなかった。ドガの舌鋒は鋭かったし二人がパリから逃げていたのは確かだった。

「ピサロさんやモネさんのように、この機に乗じて他国の美術市場へ見学に行かれた方も居られる。憂国の情を傍らにおいて研究熱心なことでよろしいな。

しかしバジル氏は本当に惜しいことをした。不運にも戦争でなくなった。」

ドガはちょっと頭を垂れて瞑目した。

「パリにとどまったのは、焼け野原を一緒に歩き回って戦ったマネさんぐらいかな。」

「そこのナダールさんのお弟子さんのジャックくんはどうされたのかな？」

ジャックも兵役を逃れ、リヨンにいたので答えに困っていると、

「写真術は軍事技術で陸軍さん御用達だから、兵役免除というわけか。」

ドガが耳の痛い話をしたのは、何か考えがあって前振りに使ったのか。

「まあいい、戦争は終わったのだから、これからの話だ。」

「諸君どうですか、私にアイディアがあるんですが、サロンに挑戦するのもいいですが、やはりそろそろ、自由で新しい芸術の波を起こしませんか？」

人々はなにを言い出すかと耳をそばだてた。

「一人一人で奮闘するのもいいが、みんなで集まって我々の芸術だけの美術展をやるんです。もちろん自己満足でやるのではなく、堂々と売れる芸術をやるんです。みんなで資金を出し合って新しい協会を作りませんか？」

「協会……？」

「そうです。『画家・彫刻家・版画家などによる芸術家匿名協会』と言う組織をつくって。年会費、そうだな六十フランぐらいで会員を集め、それを元にサロンの向こうを張って美術展をやるんです。」

隣の年金生活の元役人がささやいてきた。

「どうもドガ君は絵画で商売を始めたいようですな。」

話しかけられた男が、

「こんな新聞に酷評を書かれる画家たちの絵が売れるんですかね？」

ドガに聞こえたのか、

「自信のない御仁はどうぞ、お一人で頑張ってください。」

事業にも意欲のあるドガは芸術家匿名協会の運営に前のめりになって、全体を仕切ろうとしていたが仲間たちには人望がなかった。

セザンヌは近寄らないようにしていたが、モネもルノワールもピサロもなんとか世に出たいという考えを持っていた。

ドガがひとしきり騒いだ後、予定があるとカフェから出て行った。

また最近の写真の話題になった。

「普仏戦争に出征する前に、家族で写真を撮る人々が増えたらしい。自分のことを、分身のように表わしてくれるからね。」

「人物写真は一目で分かる。素早く正確に、その人をあらわすユニークなものだ。例えばボードレールの写真は顔立ちや着ている衣服が引き金になって、彼の性格や生まれを類推するに十分な情報を与えてくれる。」

「カリカチュアが果たしてきた役割を遥かに超えて、写真は精密な印象を残してくれる。ゴヤが描いた肖像画さえも、多少は画家の癖や偏りがでているものだ。」

科学者の卵は反論する。

「ボードレールの容姿を言葉にするのにどれだけの言葉が必要か。そしてそれは決して正確ではない。写真というものは恐ろしいものだ。たった一枚の紙切れに人物の外観を丁寧に余すところなく写す。」

小説家がそう呟いた。

「それはあくまでも実体を伝えているのではなく印象の話でしょう。本当にボードレールはそんな一目で分かる個性ではないですよね。」

文学青年が話を継ぐ。

「ナダールさんは写真のお陰で、『人類は触ることのできない亡霊を物質化できた』といってました。」

ついジャックは口を挟んでしまった。

「ゼラチン乾板という新しい写真材料が拡がっています。医学や建築写真だけではなく、写真の一大市場である肖像写真の分野にも。

それまでの湿板写真で撮ったものを鶏卵紙に焼き付ける方法が一般的だったのですが、感度が低かったんです。

早いシャッターが切れるので、一瞬の表情が残せるようになったんです。」

「自分の一番いい顔を模索する暇もなく、ちゃっかりとナダールさんに撮られてしまうわけだ。」

文学青年が皮肉った。

「確かに肖像写真は一言も語っていないのに、なぜあんなにいろんなものを伝えてくれるのか。そして人々は飽きるように眺めて、その人の内実を読み取ろうとするのか。」

小説家が感心しながら話した。

「それが分かっているからスタジオで暗箱の前に座ると、人から良かれと思われる表情を作っていく。」

「しかし、自分はこうだと思っている頭の中のイメージは、実は自分ではないんですよね。」

哲学科の院生が加わった。

「しかし、写真家は全く違う印象を持っていてそのように撮ろうとする。

暗箱とレンズが機械的に写す肖像写真はその写真家の印象通りにはなかなか撮れないんです。」

ジャックは感慨深そうに言った。

「いくつもの錯誤が重なっているのが肖像写真だ。」

「像というのは正確であればいいというわけじゃない。人間の眼が人の性格を見抜くことがあるのもポイントを捉えているからだ。

それは凝視からうまれる。」

画家の一人が話を受けた。

「じっと見ていれば実物が何か教えてくれるものだ。どこにも焦点を当てずに、均等に全体をジッと見つめていると。」

改めて肖像写真の複雑さをみんなは考えた。

一八七四年四月　パリ、ナダール写真館　印象派第一回展

遂に新しい画家たちは自分たちの発表の場を得た。

株式会社組織の「芸術家匿名協会」の第一回展の案内が来た。

六十フランの会費を払えばだれでも会員となれて二点出品できる決まりだった。

開催期間は四月十五日から五月十五日までで、仕事が終わって絵を見たい労働者階級のために夜十時まで開けることになっていた。出点数は百六十五点、三千五百人が観に来た。

会場があの元ナダール写真館と知って、ジャックは心が逸《はや》った。

懐かしいキャプシーヌ通りを、戦争前のことを思い出しながら足早に歩く。

正面から入ると、入り口に近いソファに見慣れた人物を認めた。

「お、店主。ナダールさん。」

思わず駆け寄って声を掛けた。

「ジャックか。久しぶりだ。戦争やその後のゴタゴタも無事だったか？」

「はい、お陰様で、旨く逃げました。」

「ははは、相変わらず抜け目のない奴だ。

どうだ、リヨンでの商売はうまくいっているか？」

「時折、リヨンからパリに出てはいろんな要望に応えてます。今度、エジプトにも支店を出そうかと。商売もそうですが写真の知識を使っていろんな人物に会う方が楽しんです。」

「今更、中東のエジプトか。もう多くの写真館ができて、付け入る隙がないかもしれない。」

微笑みを見せながらジャックは話題を変えた、

「さすが太っ腹のナダールさんですね、まだ評価も定まっていない画家たちに会場を貸したんですね。」

ナダールはそれに答えずにっこりした。

「どうなんですか、巷の評判は？」

「一フランの入場料が安いのか結構、人が観に来ているよ。

初日は二百人弱というところかな。」

「ジャックこそ熱心だな、写真の勉強をかねてか？」

「このところの新しい画家たちの絵画運動は本当に面白いです。とても写真を撮るときのヒントになりますよ。」

ジャックは早く会場を観たい気持ちを抑えきれなかった。

少しずつ関心が高まっているのか、会場には活気がでている。

赤い写真館の階段を上がった二階に会場があった。およそ百五十枚の作品が並べられている。

好意的なものもあったがジャーナリストの評判は散々であるようだ。ジャックは一つ一つ観て回った。

モネの絵は「印象、日の出」というタイトルだ。どんよりとした英仏海峡に面したルアーブル港の朝景色。

なかなか消えない煤煙の中にのぼりはじめた赤い朝日が浮んでいる。画面上にどんな具体的な形も意志の作る線もない。

禍々しい空気の流れを一つ一つ荒々しいタッチと色彩を変えて塗り込んでいる。

その場の空気が痛いほどイメージされてゆく。これが新しい絵画なのだ。

ドガの絵「田舎の競馬場」は風景画ともいえない。広々とした草競馬場の空間。

画面を四等分して右下半分にドガの友人家族が馬車に乗って観ている。それが主題でないことは分かる。

上半分は緯度の高いフランスの弱い日差しと分かる青空が拡がり、

いつのまにか眼が惹かれていく先がある。

左半分下に二頭の競走している馬が小さく描かれている。これで競馬場と分かる。

この中空を跳ぶ馬たちと友人家族の馬車の間を眼差しが往復する力学がある。一見、主題が見えないところがみそだ。

セザンヌの三枚のうちの一枚「首吊りの家」（口絵②）と題された作品の前に立つとその圧倒的迫力に驚いた。

左から降りてくる坂道の強い線。それが画面の中程まで来ると、今度はそれを右から受けて下に降りてゆくもう一つの坂道。

画面中段の右半分はうずくまる農家の黒い藁葺き。

左半分は下がり掛けた午後の太陽が真っ正面に当たってまぶしい「首吊りの家」がある。

その前に遮るように立つ冬枯れた樹木の突き刺さるような枝。

「首吊りの家」にぶち当たった坂は右に折れさらに下ってゆく。

その遙か上にはイル・ド・フランスの青空と村々の遠望が描かれている。

この強引なほど視線を誘導する構図。大きなX字のような画面骨格が視線を翻弄して風景を愉しみたい気持ちを遮る拒否感がある。

画布上の縦横斜めの筆の線が組み合わされて、あるいは競い合ってその平面上の絵画的構築を隈取ろうとする。

セザンヌには光景がそのように見えるのだ。

目に見えるまま家を描き、わら屋根があるから描き、樹木があるから描くというのではなく、凝視により画面全体を光景のストラクチュアとして捉え、キャンバスの上に再定義してゆく。

「家」とか「わら屋根」とか言葉で理解できる以前の大きな「かたち」をダイレクトにキャン

バス上に表現する描き方。

粗野で野太い絵、不遑な存在感に満ちている。

この絵はとある貴族が「自分にはよく分からない絵だが、第一級品の持つ何かがある。」と呟いて購入予約をして行ったそうだ。


ジャックは、今はリヨンとパリに店を出して、自分で写真材料を扱ったり写真を撮って稼いだりしていた。

パリや田園風景の写真を資料代わりに使う画家は増えていた。アトリエで描く素材として活用し始めているのだった。

ジャックはアルバイトでパリの名所や郊外の写真を画材店のおじいさんに頼まれて納入していた。その人はタンギー爺さんとか言った。

およそ儲けようとして店を経営しているのではなく、売れない若い芸術家たちを支援するのに喜びを感じていて、絵具代金の代わりに絵を受け取ったりしていた。

タンギーの店のウインドーに厚塗りの変わった絵が並べられていて、作者の名前を聞くとセザンヌの絵だと言った。

あるときジャックはタンギー爺さんに頼まれて、パリ郊外のイル・ド・フランスのポントワーズにいる医者に写真の材料を届けたことがあった。

その時に太陽の下、医者の傍らでキャンバスを立てている二人の画家たちに出逢った。それがピサロとセザンヌ。若い方が例の厚塗りの絵の作者だった。その時からジャックは二人と顔馴染みになった、

二人にはカフェにたむろする議論の好きな画家たちとはちょっと違った雰囲気があった。とにかく外光の元、描くことが好きでたまらないと言う様子だった。

ジャックは展覧会場を出てたまたま何処かに向かって歩いているセザンヌと並んだ。

「君は、ナダール写真館の人だったかな。

ポントワースのガシェ先生のところで遭ったことがある……。」

太い落ち着いた声だった。少し南部の訛りがある。

以前はカフェの会合でも同席したが、口数が少ないので目立たない方だった。

しかし珍しく話し出すと気持ちが昂ることのある画家だった。

また独特の解釈を取りがちで、周囲と波風を立てることがままあった。

最近はあまりカフェの会合に顔を出さない。ジャックはセザンヌが決してドガが好きじゃないことも感じていた。

「写真嫌いのボードレールさんが写真を撮ったのは君の写真館だったのかい？」

「ええ、そうです。よくお見えになっていました。」

画家は思っていることを口に出し始めた。

「私はボードレールの詩を暗唱するほど好きだったが、あれはいい写真だった。よく凝視された人物だった。人物や物体を穴が開くほど見つめることで撮影されたように思った。」

「ナダールさんはボードレールさんと長い付き合いでしたからね。いろんな親密な視線を持っていたのかもしれません。」

ジャックは話題を変え、聞きたかった質問をした。

「セザンヌさんは写真にも興味がありますか?」

あまり時間をおかず返事が返ってきた。

「あるね。あの写真そう、ニエプスが部屋からみた世界を初めて写真にしたときのやつさ。」

こちらの返事を待たずに、

「光の反射が初めて残された。つまり一八二五年の光が銀に化学的な影響を与えた痕跡だ。その瞬間が固着されていると考えると、なんとも言えない不思議さを感じた。これが世界の、『自然』の本当の姿だと知った。自分に見えているのと同じ構造だ。」

一つの感動を反芻するように、

「どこにでもある窓の外の眺めなのに神聖な空間を感じさせる、まだまだ粗い像だったので崩れ落ちた古代遺跡を思わせたが、それが世界の示す深遠な抽象的な形のようにも見えた。複雑な外観や飾りを剥ぎ取った単素のような。」

ジャックは写真に対する画家たちの旺盛な関心を見ていて、質問したいことがあった。

「ダゲレオタイプの発明はセザンヌさんの絵画には大きな影響がありましたか?」

しばらく沈黙が続いたあと、セザンヌは何かを思い出すように言った。

「人が生きて見ている空間の一部を切り取り『対象化』することかな。

一枚の写真は『何故、そのように切り取ったか』という理由を問われる。いわば『意味はなにか』と言う問いだ。

人間の視野は枠がなく際限がないし、体を回せば三六〇度だって見える。

「いま」の時空間で棲息している眼。意識は見ていることと別のことを考えたり、言葉に換えて理解したりする。

目で見ているのに意識されない光景だ。ダゲレオタイプはそれを永久に切り出して固定した。」

ジャックは素直に疑問を述べた。

「写真だけが『対象化』できたわけではないと思います。今までは絵画だって写真のように対象化したでしょう。」

セザンヌは少し黙っていたが、

「でも写真は少し違うな。視ることを透明にしてくれる。」

「それならダゲレオタイプの出番ですね。」

「写真にすればいいって？

そうかもしれないな。自分が暗箱そのものになり対象に向き合い、いろんな角度からじっくり見つめる。

すると眼前になにが存在するかぼんやりと見えてくる。」

「ただ大きく目を見開いて、自然を見つめ続ければ、絵にしてゆく内容が変わってくる。

数分どころではない凝視、何時間も何日も、そして右から左から上から下から見つめ続ける。

自分の頭脳と眼の間に対象化のフレームを常に持つこと。」

「首吊りの家。迫力のある面白い構図ですね。」

ジャックは関心をひきたかった訳ではないが、少し考えずに言った。

みるみるセザンヌの顔色が変わって、なにも分かってないなと強い言葉が湧き出てきた。

「構図？　そうじゃない。

私はアトリエの中で古今の絵画を研究して模倣をしているわけではない。構図なんて一度も気にしたことはない。

描こうとしているのは自然そのものの姿だよ。キャンバス上の構図など全く気にしていない！　失敬する！」

セザンヌは走り出して行ってしまった。

ジャックはちょっと軽率な言い方だったかと後悔を感じたが、そうは言っても展示会の観客は伝統的な絵画の見方でセザンヌの絵も見ているし、現に展示会では不評を買っていたようだ。

「下手な絵だな。」とわざと大きな声で言う人も居た。

しばらくしてジャックがアテーヌに行くと、セザンヌからの置き手紙があった。喧嘩に負けたイヌのような手紙で先般の非礼と自分の至らなさを書き綴っていた。

気難しい彼に好かれたのか、あまり自己主張せず聞き役に回っているのが話し易いのかそれから時々、ジャックはセザンヌに誘われてカフェで語り合った。

一八七七年四月　パリ・ル・ベティエ通り、第三回印象派展会場

ジャックにオルレアンの陸軍師団参謀長になっていたヴィレット中将から久しぶりに連絡があり、昭武が再びアメリカ経由の船で来ると教えてくれた。東洋の貴公子にまた会えるのだ。

昭武とその友達をいまや『印象派』という名前で有名になった芸術家匿名協会の展覧会に誘ったジャックは、待ち合わせしたカフェで久しぶりの再会を果たし、積もる話が止まることがなかった。

「ジャック、十年振りだね」

「ミンブ様、立派になられましたね。」

「去年の十二月にパリに着いたよ。懐かしくて凱旋門に登り、市内を一望したよ」

「いかがでした、パリも変わったでしょう」

（ミンブ様の国は大きく変わったという。権力の頂点にいた彼の家族は全く力のない存在になってしまったらしい。

十年前の万博の時、幕府と対抗していた日本の辺境のサツマがチョウシュウと組んでイシン革命を起こした。

そしてミカドを統治者に据え新政府を立てたという。

ミンブ様は新政府にとって敵側であったが、中国大陸の清国との仲が怪しくなるにつれて、人材不足もあり欧州列強の軍事施設や武器兵器を実際に見ていた彼を取り込んで陸軍少尉に取り立て、士官養成の戸山学校の教員にしたのだ。

五年前にフランス陸軍にならった軍制が日本にできたらしいが、その陸軍を牛耳るのはサツマやチョウシュウの者たちが多い。

ミンブ様は陸軍で将官として栄達することはできないが、技術将校という生き方があると考えられたのかもしれない。大砲の弾丸を一メートルでも遠く、また正確に命中させるため弾道計算は必要だ。幾何学の更なる知識が必要だと思われたのだろう。

一八七七年四月　パリ・ル・ペティエ通り、第三回印象派展会場

再びフランスで学ぶために、自費留学を申し出られた。国のミカドはミンブ様の私邸に遊びに行く程であったからか、異例の支援金を下されたという。

アメリカ建国百年を記念した今回のフィラデルフィア万博使節団団長はサイゴウの弟だったらしい。

欧州列侯との社交にはミンブ様の方が慣れているというので、選ばれたのではないだろうか？

ミンブ様はパリのエコールモンジュで軍備を研究しているが、悩みの一つは将来の戦争にどのような兵器が開発されるか分からなくなってきたことだった。

フィラデルフィアの万博では巨大で強力な大砲が陳列されていたらしいし、四ストロークの「内燃機関」というものも展示されていて、今は馬が大砲を曳いているが、これを自走の機械に変えると餌もいらなくなるという。

戦争では機械が主力になって、もっぱら人間を駆逐しながら戦う場所になるのではないか。

世界中の国々が兵器の開発競争をしている。日本は後ろから懸命に追っかけている。

どこまで世界は進んでいくのか？　軍備増強を真剣に考えていた幕閣たちが微笑ましく思えるような世の中の変化だそうだ。

しかしミンブ様は軍人にそぐわぬ方で、開国したばかりの日本という国の中では柔軟な思考と広い視野をもつ将来の見える方だった。

世界の列強といずれは戦争をしなければならない。

ミンブ様が愛してやまないあの妖精のような日本の国を、自然と共生している美しい国土を戦火に晒すようなことがあるかもしれない。

守るために軍備を充実させるのだろうが、それがまた相手の国の軍備を強化させる。

閉じない問答が続き、フランスに来てからずいぶん悩まれたそうだ。

一八七七年四月　パリ・ル・ペティエ通り、第三回印象派展会場

そんなある日、昭武や友人たちと一緒に三回目となった印象派展を観た。

最近の新しい絵画の運動は新聞には皮肉混じりに「印象派」と名付けられていたが、彼らの展覧会が町中で話題になっていた。

二回目は一八七六年、ル・ペルティエ通り十一番地のデュラン＝リュエル画廊で開かれた。一回目より新聞雑誌にとりあげられ、売上げもよかった。

三回目は前回の会場の近く、ル・ペルティエ通り六番地で開かれた。十八人の参加で二百四十点ほどが出品された。八千人ほどの入場者を数えた。

二十五点を出品して、一部屋占領したドガの評判がよかった。

とくに今回出品した「カフェにて。アプサントを飲む人」は注目されていた。アプサントは一種の興奮剤でアニスという植物から採れる。

大都会パリに疲れた一人の女性が一盃のアプサントを前にぼんやりとしている。その一瞬の表情を捉えた的確さは出色のものだった。まるで写真でモデルニテ（註：現代性）を写したように、ドガらしい「微分」の日常の一コマだった。

絵画の構図が面白い。画面の下およそ半分に置かれた三つのテーブルがくの字模様をなして、広さと奥行きを出していて、一人の女の孤独がいや増す。

一番奥のテーブルに置かれた瓶の形の面白さ、ドガにはこのように見えるのだ。写真に並々ならぬ関心を持つドガ独特の視覚だ。

とはいえドガも近頃新しいテーマを見つけていた。

バレリーナの絵を描くために、やっと十年遅れで完成したオペラ座に入り浸っていた。ドガは時代の先端をいくパリの中でも、とりわけ新しいオペラ座のバレエが新時代にふさわしいものに見えていた。

ドガの好きな人工光の空間が様々に重なっていた。朧気ながら浮かぶバレリーナたちの様々な激しい肢体の動きは絵画の題材としては恐ろしく困難な対象だったが、見事に情景を描写していた。

今回、セザンヌは十六点出点した。相変わらず散々の評価だった。

とくに彼の絵を認めてくれた役人のビクトール・ショケは毎日会場に通い、セザンヌの良さを熱弁したが、とくに肖像画は観客に手厳しい反応だった。

初めて描いた「ショケの肖像画」はセザンヌの理解者でもありパトロンでもあったショケがよく怒らないなと思うくらい破天荒な絵だったが、ざっくばらんで、自分が見つけた芸術品には金銭を惜しまない大胆ささえも感じさせる人柄が溢れていた。

セザンヌは自分の人物観を交えて描いているのかもしれないとジャックは思った。

昭武はショケ本人を眺めながら「色合いの美しい明るい絵だね。このショケさんのざっくばらんで形式張らない人柄が滲み出ている。何より浮世絵にでもありそうな肖像だ。」とジャックに話しかけた。


ジャックは人物画に付いてのセザンヌの話を思い出していた。

「他人の肖像画を描く時は、その人物を見たまま描けばよい。といっても、話したり交遊したりするにつれ、見た印象が変わってくることがある。時間をかけて見つづけることだ。何枚も描くことだ。

自画像はちょっと違う。自分に対する認識が蠢くマグマのように自分の中で一定せずに変わる。

鏡を見ながら描くと左右逆になり、結構、印象が変わる。

十年程前に正面から見た写真を使った。だが、それは自分の認識と異なり、明瞭すぎて底が浅く見えた。

自画像はむずかしいものだ。」

ジャックはセザンヌの別の話も思い出した。

「私は人のかたちに興味がある。

パリの街路や万博の写真をみていて、かなり先に小さな人影があると、まずそこに目が行く。なぜそうなのだろう。」

「人の形というのは多くの意味や繋がった記憶を想起させやすい。

ニュアンスに溢れていて人々の視線を集めやすいのだ。だから人物を風景的に事物として描くことができないかとも考えている。」

セザンヌは人物画にも独特な考えを展開しようとしているとジャックは思った。

ジャックは明らかにセザンヌの絵画が変わってきているのを感じていた。以前のような厚塗りの暗い画面の精神的なものもあったが、イル・ド・フランスの風景を題材にしたいくつかの絵はピサロの影響なのか、軽やかで明るい空気感に溢れ、穏やかな田園の光を表現していた。

だがそれは単なる伝統的な風景画ではなく、その特徴である遠近法的技術をもはや失ったものだった。

ジャックはカフェの会合などで何度か言葉を交わしたことはあったが、会場でマネとまともに会話をした。昭武を紹介しながら彼の画論を聴いた。

「そうですか、日本の貴公子にお会いできてうれしいですな。

貴国は浮世絵をはじめ素晴らしい美術品に溢れたお国ですね。

私は大の日本の愛好家ですよ。

来年はまたパリで万国博覧会が開催されます。貴国の文化芸術の展示がいまから楽しみですよ。」

機知に富んだ会話、人を引きつける魅力、洗練されたパリジャンの振るまい。まばゆいばかりの姿だった。

「モデルニテというのは今、生きているということなのです。

私が表現するのは頭の中の未来でもなく、過去の記憶でもなく、まして何度も繰り返された伝統的な表現ではない。私が生きてこの目で見ている人々の姿、世界そのものの奇跡のような有り様、そして偶々世界の中で大きな変革をしているパリ、景観が一新され、空が拡がり明るくなり、美しいシンメトリーのビルの窓が連なり、植樹された並木が幾何学的な美しさを持って揺るぎなく一本に貫かれているブールヴァール。

パリは整えられている。世界は成長しているんです。その成長点の一つがパリなんです。

今ここで生きて見ていることを画かなくて、なにを画くのか。」

彼は一気に持論を述べた。決して押しつけがましくなく、説得力に溢れている。

「それは例えば写真的とはいえませんか。写真には今は撮れるが、未来はとれない。過去を残すことはできますが……。」

少し強引なもって行き方だったかもしれないが話しかけた。

「ああ、私は写真にも興味がある。しかし写真は画面全体、均等に写ってしまう。まさに〝機械的〟に。そして律儀に民主的にね。」

マネは王道を歩くものの落ち着きと信念が感じられ、誰もが指導者と仰ぐものを漂わせている。

「私は光の様々な姿を極める印象派は素晴らしい運動だと思うが、自分が目指している絵画とは少し異なっている。むしろオペラ座に行ってスケッチしたり、アルジャントゥイユのような行楽地に行ってカラフルなブルジョアたちの『今の生態』をスケッチすることが大切だと思っているんです
禁欲的に色彩を押さえたタキシードに身を包んだ紳士たちが、あるときは仮面をつけて一夜の快楽の相手を捜し求めている。オペラ座は現下のパリの『今』であり、偽善めかした『表』と欲望に満ちた『裏』の世界がくっきりとコントラストを示している場所なんです。

成功の明るい照明の中で、腐乱していくパリの夜を描くことはモデルニテの題材としてふさわしいものですよ。」

マネは今の時代を捉え百年先、二百年先にも残る「歴史画」を先達の高名な画家たちに並ん

で残そうとしているのではないか、ジャックはそう思った。

マネが帰ったあと、ピサロが会場に来て訥々とマネの革命を聴かせてくれた。

「マネのモデルニテは軽妙なのだ。

浮世絵のように描くものに一瞥を与えたような軽さ、遠近法のような全体的秩序ではなく、『都市』一つ一つの部分の点在が醸し出すハーモニーのようなもの。

色調も心地よい配色ではなく世の中に溢れている無彩色の、無限に中ぐらいの色の配置を心がけているようだ。

港で乱立する小さな船のマストの写真も、イタリアの中世の町のデッサンも、スペインのゴヤ調の重厚な絵画も、マネの頭の中でモザイクのようになっていて、それらをキャンバスの上に置いてゆく行為なのだ。

テーマも歴史的ないわれもない今、輝く現実の一瞬が有名な絵画の構造に支えられて脈絡なく呼びさまされるままに並置、展開されている。」

横から美術評論家がしんみりと話す。

「はじめは二人は同じように見えたけれど、鋭敏な神経であるドガと違って、マネが革命家として事をなしたのは、やはり構想を組み立て推し進める『強い頭』を持っていたからではないか。

一方、彫刻やグワッシュや写真で様々の移ろいやすい瞬間をキャッチする鋭い感性の、ドガの『切れる頭』であっても、絵画の変革のような力仕事はできなかったといえるな。人間的に線の太さがないんだね。ドガの絵には得もいわれぬ快感が潜んでいるが、マネの絵には押しの強さ、存在を否定されないものがあるね。」

平仄をあわせるように画家の一人は、

「マネやドガは伝統的な西洋美術の名作や技法を否定しながらも、その広大無辺な歴史にこだわっている。その歴史の流れの中に自分たちの絵画を位置づけようとする。どうしてもサロンという歴史的な正統の舞台の上で実績をあげたいのだ。」

セザンヌびいきの美術評論家が結論づけた。

「それに対してセザンヌは西洋美術も、従って東洋の浮世絵も様式の差を問題にしていない。あくまで自然そのものを対象にエクロンを当てて凝視し、その構造を視的直感で見抜き、立体の存在感を受け取り、対象を『象（かたち）』に変えてゆくことに興味があるとしか思えない。

モデルニテもサロンも関係がない。絵画行為そのものの捉え直しだ。」

ジャックには納得のいくものがあった。

一八七九年　パリ北郊　イル・ド・フランス

近頃、エジプトでの商売を広げていたジャックだったが、久しぶりにフランスから注文が来た。「居酒屋」で流行作家になったゾラから新しい写真暗箱の注文を受けたのだ。

ゾラはメダンに別荘を買って、文筆家や画家や芸術家たちを集めて文化人の集まりを主宰していた。汽車で行くことも出来たが、セーヌ川沿いに他の得意先も回りながら、馬車でのんびり行くことにした。

セーヌ川はパリを出ると一端、南西に向かい、大きくU字型に湾曲し今度は反対の北東に向かう。

パリから馬車で北西方向に一〇キロ、二度ほどセーヌ川を渡るとアルジャントュイユという行楽地に至る。水辺にレストランなどが点在し、ボート遊びができる。

一八四一年に開通したルーアン鉄道でパリから日帰りができるようになり、パリ市民の手軽な行楽地として賑わうようになった。

そこから北西にさらに一五キロほど行くとピサロがいるポントワーズに着く。右に曲がるとオベール・シュル・オワーズ。左に曲がると一〇キロでふたたびセーヌ川を渡り、メダンに着く。

ゾラの別荘に滞在して制作しているセザンヌと会うのは久しぶりだ。彼は印象派グループとは疎遠になっているから、パリでもほとんど出逢うことがない。

普仏戦争後、疎開した南フランスのマルセイユ近郊レスタックで、セザンヌは何か開眼したようだ。プロバンスの光景が彼に何かを与えた。

思索家の彼は家族と暮らす穏やかな土地・レスタックで、海が見える丘の道を溢れる巨大な光の塊に沿って歩きながら様々に考えたのだろう。

夕刻には西側の海に沈む穏やかな斜光が風景に表情を与えて、いろいろな姿を見せてくれた。最近描いた風景画にはしばしば遠景の山と、深い青の地中海と、緑に囲まれた村が描かれるようになった。

そのなだらかな景色の中に必ず画面に戸惑いを与える煙突がでてくる。単にピサロに教えられた観察の重要さに拘《こだわ》るあげく、省かずに描かれたのではなく、これが全体の優雅な雰囲気の破調となっている。

またあるいは画面にリズムを与える音符のようでもあるし、いわゆる「眺め」の絵なのだが見ている者に少々違和感を生じさせる。

水平線・地平線・山の稜線らの水平方向の線に抗って、縦の短い線が唐突に並ぶ。自然の美しい風景の中に「とげ」がばらまかれる。

構図上の要請から来るものではなく、明らかに全体の画調に影響していた。何か心の奥底に整理できない、気になるものを孕むのだ。（口絵④）

色彩が明るくなって、純度が上がっているから温暖で華やかな地中海の雰囲気が溢れている。それはセザンヌの画風を大きく変える修行がこの数年間あった証拠だ。

セザンヌは印象主義描法の神髄を知るピサロから文字通り一対一でこの技法を伝授され、画面が格段に明るくなり、従来の厚塗りの画風から脱皮しつつあった。

同じ理由でセザンヌがプロバンスと定期的に往復するイル・ド・フランスでもまた大きな成果が出ていた。

セザンヌはピサロの住んでいたポントワーズで、キャンバスを並べて同じ風景を描くことがあった。

ピサロの近頃の絵は「眺め」といえるテーマのものが多い。

十七世紀のオランダ風景画のようにも見えるが、もっと明るい色彩のハーフトーンの絵画だった。

写真のように素っ気なくもある。しかしセザンヌはピサロに習いながらも全く違った展開をしていた。

画架を並べた二人の筆致は対照的だった。

例えば曲がった田舎道を主題として描いた絵を比べる。

ピサロの絵は遠近感を持つものだが、セザンヌの絵はそうではなかった。大きく半円形に抽象化された曲がり道は、その強烈な存在感で遠近感よりも形の面白さを見せていた。

風景の自然な「眺め」を阻害するような例えばレスタックの煙突たちのような抽象的な図形の画面への表出が見られた。

また「マンシーの橋」（口絵③）と題された絵は濃密な森の中に、古色蒼然とした石橋が中空に浮くような不思議な視点で描かれている。

みっちりとした森とそれが反映した池面など様々な緑色のせめぎ合う中に、背景の森と前景の池どちらが近いかの前後感を失いながら、強く前面に出るのは堅牢な石橋の三角形と美しいアーチの丸であり、宙づりになったような、現実的ではない浮遊感を醸し出しているが、石橋はしっかりとした存在感と安定感を放っている。

静謐な堅牢さと言おうか、何百年も森に潜んでいた古城といおうか歴史に鍛えられた勁さも感じる。

ピサロとセザンヌが話をしている。

「印象主義とは『光の色彩』のことなのか。

光がいろんな色に分解されて並んでおり、線で物体の形を描かない。

物体の形が光の集まりで形になる。いつも対象が蘇ってくる感覚があるな。」

セザンヌがゆっくりと問うた。

ピサロは何度もルーブルで見てきた絵画を思い出しながら答えた。

「形と言っても線描で示すとただのデッサンだし第一、光の当たる物体の周りに黒い線があるわけではない。

実際は微妙な曲面があり、そこにできている階調で境界を感じる。」

セザンヌの話を聞きながらピサロは新しい考えに気づいた。

「線描ではなく光と影のもろもろの色彩関係を忠実に描くことで物体のデッサンは次第に出来上がる。

量感も与えられ、並んでいる色調の的確さが立体感を深め、対象に光の輪郭を同時に与える。」

セザンヌはさらに言った。

「レスタックで発見したんだが細く短い筆触で、大きさと方向を揃えて並べて塗ることで、一つ一つの筆触の色彩を微妙に変えることができ、流れる音楽のように画面にリズムを作ることができる。」

「印象主義の絵画は光の移ろいなどを適切に拾う。形を忠実になぞる写真と違い、光の反射による物体の写実をやろうとしているのだ。

二つは異なるがリアリティの表現であることには変わりない。」

とピサロは理解したように答える。

「印象主義絵画を見ているとある意味のリアルさで、自分の記憶の中の同じ事物の連想につながり、どんどん画布上から意識が離れていくのだ。

君はそれを否定したいのか。あくまで画布上に視線を拘束することなのか。

画布上に描かれている全ての筆致から視線を逃さないつもりなのか。

外界の実物を写実するのではなく、画布上に描かれている形や色彩の存在を観る者に愉しませるのか。」

「そうだね。古典主義は僕の好きなニコラプッサンも言ってるが、芸術の使命は自然を模倣することではない、表現することだと。」

セザンヌは我が意を得たりと言った。

「ずいぶん大先輩を持ち出したもんだ。」

「画布の上に様々に面白い形態があり、空間の広がりや重厚な構築物がある。明暗の豊かな階調があり、冷たく張り詰めた色彩をもった存在があり、それらの色彩は互いに響き合う。」

「このごろ、水浴画を描いてるのも古典に興味が移っているせいなのかな。」ピサロはニコニコしながら付け加えた。

「この絵は遠近感がないですね！」

二人の絵を後ろから観ていて、ジャックは思わず小さく叫んでしまった。

セザンヌは振り返って、

「遠近感？　それはちがうね。

透視図法の線描で描かない。

空間・重さ・存在感……、リアリティのようなものを平面上に築くことだ。

平面である画布上に何か『質量』をもった、『温度』を持った実在を浮かび上がらせることだ。」

セザンヌはさらに画業に対する思念を深めていたのだ。

西洋絵画の基本的枠組みや常識的な描画の基本。構図のセオリーや遠近法がない。

マネもドガも破壊者たちでさえ完全にこれを捨てなかった。遠景と近景が意味を失い、表現したいテーマが喪失され、タブローの中で一つの大きな「象（かたち）」となる絵画が生み出されつつあるのだ。

ジャックにはそれがなにを意味するものか俄に分からなかったが、今生まれようとしている新しい絵画が、遙か写真と異なる世界に大きく可能性を広げようとしていることが感覚的に理解できた。

「写真は構図ぐらいしか、個性を際立たせることができないと思うんです。」

「それに画面になにを入れるか選ぶことはできないからな。」

ピサロが口を挟んだ。

「そうかもしれない。写真にはそれが出来ない。『線』を浮かび上がらせることすら。ただ空間の割り振りはできるが。

描きたいのは全体の輪郭ではない、全体そのものなのだ。」

セザンヌは一点を見つめながらぼそっと、

「キャンバスを立てて、対象物をしっかり見据えていると、逆に対象物から見つめられているような気がする。」

珍しく神秘的なことを言い出す。

「誰に見られているのですか。」

「人ではないんだよ。

見ている光景の奥に大きな眼が在るんだ。いや、生きとし生けるものすべての眼かもしれない……。」

しばらくして決然と、

「そうではない。大地の者たち。自然のすべて。時間の積み重なり。空間の全体が存在としてこちらを見ている。」

「レスタック海岸の松原だったかガルダンヌの大きな森だったか、人の気配も生活の雰囲気もないような、植物・樹木に囲まれたところに迷い込んだ時のこと、その中に居る自分を感じ突然襲われた。

何かに見られている感覚に強く浸され、怖くなったことがある。

ジャックは写真を撮影していて、そんな気持ちになったことはないか？」セザンヌは、遠くをみつめながら、そんなことをつぶやいた。

一八七九年　パリ北郊　イル・ド・フランス

一方、パリでは昨年、開催された第三回万国博覧会の余韻が残っていた。

前回と同じシャンドマルスの会場が拡張されてセーヌ川対岸に伸び、トロカデロ宮殿地区も加えられ、展示場はギャラリーとパビリオンに分けられた。このとき冷蔵庫・電話・タイプライター・蓄音機・鍛造ハンマーなどの新技術が発表された。人々は便利さと煩わしさから解放される来たるべき時代を垣間見ていた。

万博会場の絵画展にあつまった人々が話題にしていた。

「ドガさんは印象派の展示でいろいろ発言権が増しているようだが、彼は画家と言うより絵画事業に関心があるのか？」

「同じように経営の才能があるカイユボットと意見の違いが表面化しているようだよ。」

「印象派もいつの間にか世の中に受け入れられて、権威が出きてきたので、その利益を享受しようと動いているようだね。」

「本来の印象派を始めた画家たち、モネもルノワールもセザンヌもそんな動きに愛想を尽かしている。」

「そういえば、印象派の宣教師のようなピサロの画風も最近は変わってきて、スーラたちの新印象主義の影響を受けて、色彩の原理などと科学的側面を強くしているよ。」

科学技術も絵画などの芸術分野でも、残すところ二十年になった十九世紀の文明が、次第に次の世紀に向かって新たなものを孕みつつあった。

一八八〇年夏　エジプト　アレキサンドリア

ジャックは二十九歳となりエジプトや中近東に足場を築いていた。

写真館をいくつか運営し、写真材料の販売やエジプトの写真集発行など関連の事業をこなしていた。

ジャックが写真術の手ほどきを受けたギュスターブ・ル・グレイ門下の先輩にはもちろんナダールが居たが、マキシム・デュ・カンもいた。

今や有名な作家であり、詩人であり、ジャーナリストであり、旅行記作家でもあった。

ジャックが生まれる前の一八四九年から五一年まで友人と東方旅行をするために写真術を学

び、そのときだけ写真撮影を担当した。

帰国後百枚を越えるカロタイプ写真で制作した「エジプト・ヌビア・パレスチナ・シリア」と言う写真集はナポレオンのエジプト遠征以来、オリエンタル趣味に飢えたヨーロッパの人々に大きな反響を及ぼした。

フランス文部省からの調査研究依頼でもあったので、撮影すべき被写体はかなり細かく指定されていた。

当時、写真で精密な記録を短時間に残すという方法は画期的だったといえる。筆写すればとてつもない時間がかかる碑文などの考古学資料を正確に短時間に再現してくれる奇跡の技術だった。

同行したフローベルと一緒にナイル河沿岸のエジプトやヌビアを特に訪れ撮影したが、未開地域の危険な旅行でもあったし野営することもあって、写真機材などの重く嵩張る荷物の運搬は負担が馬鹿にならなかった。

そのせいかマキシムは旅行が終わったらさっさと機材を売り払い、その後写真を自ら撮ることはなかった。

写真集は大変な評判を呼び、マキシムは考古学者として認知され、国家からレジョン・ド・ヌール勲章をもらうことになった。

ル・グレイ門下生の先輩がエジプトに遊びに来た。

ジャックはアレキサンドリアの中心部の近く、古い石造りの建物を写真館にして噴水のあるパティオを備えていた。

その庭で二人はのんびりとした午後を過ごす。

「ジャック、エジプトの仕事にも基盤ができたようだね。」

「ここ数年はこちらで事業を拡げていますよ。

写真機材の販売や観光写真ハガキの原画を作ったりして結構、繁盛してます。なにせ異国の風景写真が飛ぶように売れるんですよ、もちろんスタジオの肖像写真も大きな収入ですが。」

「君は働かなくても食えるんじゃなかったのかい。

金儲けもいいけど名声を得る機会もあるんじゃないか。

せっかく写真術を習得したんだからアジアだとか、まだ写真が撮られていないところへ取材にどんどん行くべきだよ。」

「そうですね。先輩はどうなんです?」

「これから中近東に足を伸ばして、まだ未踏の遺跡がないか歩いてみようと思ってね。

私にもいろいろと撮影依頼が来てるが、面白い写真があれば商売になるよ。」

鮮やかな青空から降り注ぐ強い太陽光線で、景色はコントラストがくっきりつく。

スタジオ空間には明暗が幾何学模様のようにできてエジプトにいるような気がしない。

写真を撮るには光量は十分だが肖像写真には不向きだから、人物を撮るときには白い大きな布を天幕のようにして光を弱めている。

先輩はしばらく黙った後、話題を変えた。

「写真術は我々が行ったことも、見たこともない世界を見せてくれのさ。これは凄いことだよ。」

お茶を一口飲んで、ゆっくりカップを置きながら、

「世界はもっと広い。

人間の貪欲で好奇な眼の最前線で写真の仕事は拡がっていく。

これは絵画にはやや、お門違いの仕事になるんじゃないか。

もちろんカリカチュア画家たちだって画いてはいたが、写真の迫力は色もついてないのに、今までに経験したことのない種類のものだ。

写真には人々を信じさせてしまう強いリアリティがある。」

「知らないものを一目、見たいという欲望は底なしにありますよね。」

「写真は人類の羽をのばした欲望の先兵というわけさ。

ナダールがやったみたいに地下の墓を撮ったり、気球に乗って鳥の眼でパリを写したり、人間の頭の中だけで決して想像できない絵を精密にそして一瞬で残してくれる。

まあ、行ったこともないのに、行ったような気になる弊害もあるけどね。

それに最近普及して来た高濃度のゼラチン乾板は扱い易いんで、アマチュアの写真家がどんどん増えるだろう。僕たちはますます、写真の良さで勝負しなきゃならん。」

「十八世紀のナポレオンのエジプト遠征以来、どれだけ多数の文筆家がオリエントを旅して文章をのこしたのでしょうか？

西欧にはないものを求めてエキゾチックなものを楽しんでいる。

ブルジョアたちが歴史に思いをはせる余裕ができて、人間は何処から来たのかということを知りたくなったのでしょうか。」

「巧みな文章による情景描写はありありと目に浮かぶが、書き手の書く順に読まねばならぬ。紀行文章は心が逸っても途中を飛ばさず、書かれた流れを辛抱強く読まなければ意味が分からない。

しかし写真は一瞬にして目の前にある物が鷲づかみされて、そのまま忠実に残される。そして見るときは自分の気にいったところから、背景のピラミッドが好きなら奥からでも、廃墟の門番の老人が気になればそこからでも愉しむことができる。」

「まあ、それはカリカチュアや絵画も同じですけどね。」

「しかし説得力が違うね。しつこいほど詳細だ。

写真は撮影後に気づかなかったものも発見することがある。ある意味写っているものが過剰かもしれないが。」

二人で昼食を済ますと、先輩と書棚にいつも置いているデュカンの写真集を見ながら語り合った。

「マキシムのエジプトの写真集は有名で、もはや古典になりつつある。四十年も前のエジプトが残されている。古代エジプト文明の廃墟が砂と化す前にかろうじて止め置かれた。改めて、そこで暮らす人々の姿や砂漠に残された古代の遺跡を初めて知ることができた。」

ジャックはなんとなくいつも考えていることを口にした。

「これらの写真は本当に大変な労力と開拓者の苦労があるんですが、一番の売りは被写体の稀少さですね。誰も見たことがないものはやはり強い。希少なものは興味津々で見ますね。写真家の個性的な視覚はその次です。被写体こそが話題になる。」

「それが写真の特質だから。写真家は表現者ではなく撮影者だ。」と先輩は断じる。

ジャックはあまり突っ込まないようにした。

「しかし何という静かな世界でしょうね。まるで死後の光ですよ。何千年もの時間が経過している。

世の中の人々にとってオリエントは確かにとても魅力的で、エキゾチックな空想が膨らみますよ。」

「写真というのはこのことが本当に実在すると信じさせるのだ。

写真には事実証明があらかじめ備わっていて、本当にそこにあるんだと容易に信じさせてしまう。

また見栄えのするところを撮っているのに、その周囲全体もそうであるように思わせる。」

ジャックはナイルの上流で二日も三日も泊まり込んで撮影した日々のことを思い出した。

「私も同じように何度もナイル河を行ったり来たりして、写真を撮って感じたんですが、行く前に膨らんでいたイメージが撮影現場に着くと、消えてなくなるんですよ。

自宅で初めてエジプト写真を見た時に膨らんだ想像が、現場では熱い空気に瞬く間に形を失うような感覚です。

実際はピラミッドの下に行けば、砂埃の掘っ立て小屋にラクダの匂いがする、ただ熱すぎるほどの空気があるだけなんです。

甘美でエキゾチックな『オリエンタル』なものなどありません。

そして現地に着いたときの興奮が醒めた二、三日後には、もううんざりするほどの退屈な私の日常がそこに引っ越してきます。」

ジャックの言葉を先輩は繰り返して、

「確かにパリのアパルトマンの椅子でエジプトのピラミッド写真を見ているときには、それは珍しい世界を覗かせる『晴れ』の空間だ。

退屈な日常とは違う新しさと奇異さに溢れてる、
しかし現地で実際に本物のピラミッドの前にいると、いつのまにか慣れの時間が静かに押し寄せて、パリでの日常生活の空気を運んでくる。」

しばらくして先輩は、

「つまり飽きるっていうことか？」

「どういえばいいか。現実に戻ると言いますか。」

「考えれば、どんなに新奇な場所だって慣れていくわけで、そして形だとか色彩だとか映像的記憶が脳内に残るだけです。

その時に感じた雰囲気や感動は雲散霧消している。」

ジャックは日ごろ思い巡らせていたことを先輩に向かって口にし始めた。

「そして、いわば日常の状態に戻ったところで、改めてそこの周りにあるものを観てみると、向こうから囁きかけてくる。

ほんとに微かな『徴《きざし》』ですが、何か気を引くように光景がこちらをみつめてくる。

河畔の数個の家並とまばらな椰子の連なりとか。

あるいはずっと前から道のそばにゴロと転がった立方体の岩とか。なにげないものが語りかけてくる。」

先輩は何か分からないことを言い出したなというような顔をして、

「改めて素直な日常の気持ちで風景や事物をながめることが非日常への手っ取り早い入り口だとでも言うんだな。


非日常なら人跡未踏の世界のそこら中にあるだろう。

万博で生まれてくる新しい商品やエッフェル塔にも、戦場の異状な空間にも、顕微鏡の先の小さなガラスの板の上にもあるだろう。

日常の写真で何か新しいものでも再発見したのか?」

ジャックは言葉にならないことを言い急がないように気をつけながら、

「そこでふと気づいたんです。

一個の人としての日常こそが、元に戻った状態、『褻《け》』こそが人生の大部分を占める時間ではないかと。

面白味もワクワク感もないのんべんだらりと続く時間こそが。

ならば、その『褻《け》』を撮ることはどんなことなのだろう。

それはどんな記録になるのかなと。」

「でもそれは各人の日常であって、君が思っている個人的な視角だから、写っている写真の意味は撮影者以外には不可解だろうね。」

「ほんとうにそうでしょうか？

私はある程度、人類共通の眼差しというものがあるように思えるのです。

写真を撮った人物が見た眼差しを感じることができると思うんです。構図とか角度とかではなく、その人が見た眼差しに託した思いというか。」

「あまり科学的じゃないな。未来的でもない。

写真家は男の仕事だ。もっと命を掛けて何か人々の眼の先兵となって、人々が知りたい非日常な世界、スペクタクルを提示することこそが写真の仕事だと思うがな。

君の考えていることはいずれにしても金にならんし、名誉にも繋がらんしな。」
二、三日、逗留して先輩は中近東の方へ行ってしまった。

一八八一年五月　マルセイユ旧港

フランス第二の都会、マルセイユは普仏戦争前に大きく発展して人口が五割も増えた。

スエズ運河の開通で東洋方面へ船の発着が増えたり、北アフリカでフランスが植民地政策を展開したことなどで物資の往来が増えたせいだろう。

フランスの新しい金融資本はここに目をつけ不動産に巨額を投資した。

土地や建物は大幅に値上がりし、市街地では高い建築物が軒を連ね道路は拡幅された。

旧港の入り江。灼熱の陽が少し和らぎ、凪の前のひとときの風がながれる。

湾口に向かって右側に並ぶ、高さのそろった新しい建築群と対照的に、左側は港の出口まで丘が続き、その先端には古色蒼然とした修道院が毅然とした佇まいを見せる。

彼方に穏やかな地中海が望まれ、キラキラと光を返してくる。

船着場のあたりでは稚拙な魚の絵が描かれた青い屋台が並び、赤いカサゴやエビなど小魚を売る漁民が客を呼ぶ声がする。

すでにほとんど売り尽くし、店じまい寸前の隙間だらけの屋台が多い。

ジャックは日本に帰国する昭武一行と、アレキサンドリアまで同船するためにマルセイユで待機していた。


航海中、ジャックは今回の二度目の欧州旅行の話を昭武からいろいろ聞いた。

（ミンブ様はとても大きな人生の転換をされたようだった。

幾何学を中心に学んでいた弾道計算のための自費留学の技術学校エコール・モンジュも途中で辞めたらしい。

日本はよちよち歩きながら、世界に漕ぎ出した。ミンブ様はそんな話からはじめた。

パリではジャポニスムのブームが興っていた。ミンブ様はその流行に何やら違和感を感じられていたようだ。

熱狂する市民には極東の文物は珍しく、奇異な文化だったが、何か感動を与えたことには間違いない。

西洋人たちは彼らの視野に怒濤のように入ってきた極東文明の産物を受け入れた。

欧州の人々は異なった意匠や手の込んだ工芸品、大胆な色使いの浮世絵を見るたびに、遙か遠い昔に分岐していった民族と文明があったことを知ったであろう。

しかしそこには、自分たちとは異なる心静まるかけがえのない、永い歴史と営まれた人生があったのだ。

その暮しや生活感覚を知ろうともしないで、物作りの技巧や出来映えだけを愛でると言うのはとても片手落ちのことのように思えたという。

その極東の日本人が今、急速に西洋の思想や技術、特に武器弾薬など軍事技術を急速に取り入れようとしている。

それはよくよく考えたことなのだろうか？　否、考える暇などなかった。

いつそれらの国々が侵略してくるか分からなかったからだ。

西洋の科学技術や機械は正確に早く、少ない力で物事を片付け、大きな効果を生む。

相手を屈服させる力、物言わせぬ力を与えてくれる。

ミンブ様は自分が政治を司る立場から追われ命令される方になり、軍事についての決定権はなかったが、東洋の国々を破壊するかもしれない軍事技術を勉強していた。

己の計算した弾道の先にどれほどの爆砕がおき、どれほど多くの人々が死ぬのかと考えれば受け入れ難くなったのだろう。

あの愛すべき民を救うためには、毒をもって毒を制せねばならないのは分かる。

しかし武力を持ったものは必ず他の武力と比べ、一歩でも上回るように絶えず能力向上をするだろう。それが軍備の宿命だ。

自分が万博を観るたびに恐ろしい速度で武器の殺傷能力は向上していく。一体どこまで破壊力を増せばいいのか？）

地中海を滑る汽船の甲板で海を見ながら二人でそんな話を続けた。


ジャックはアレキサンドリアで昭武らが乗る船を降りた。

これから昭武らが通過するスエズ運河は一八六九年の十一月にフランス人のレセップスによって開通して以来、世界の交通の流れを大きく変えた。

いわば全長一六四キロ、深さ八メートルの大きな「溝」の完成には十年を要した。

それまでもスエズと紅海の間は陸路で荷物を運んでいたが、船に乗ったまま旅ができるのはやはり便利だった。

東方への旅は通行客や観光客も大幅に増えて、寄港地としてのアレキサンドリアは大変、栄えた。私の商売も運河が開通して、ずっと後に始めたが十分繁盛し収益が上っていた。

当初はエジプトとフランスの共同事業として始まったスエズ運河も、いつの間にかイギリスが資本をいれて権利に食い込んできた。


別れ際にジャックは、思い出したように言った。

「ミンブ様はコーヒーがお好きでしたね。

七日後に寄港するアデンの近くでは良いコーヒー豆が採れるそうです。

モカと言うそうです。お国に持ち帰られては？」

「ありがとう。いいことを教えてくれたジャック、いろいろ世話になった。体に気をつけてくれ給え。又会えるといいが。」

私はにわかに明答をできずに、曖昧に、

「ミンブ様もお気をつけて」

再び地中海に乗り出した汽船の後ろ姿をしばらく見守って、
ジャックは港を出て（そろそろアフリカも潮時かな）などと思いながらスタジオに戻った。

一八八六年春　パリ　ラフィット通り一番地

五月に第八回の印象派展が開催された。

久しぶりにパリでの用事を片付けて、有名なレストラン「メゾン・ドレ」の三階の会場に行くとドガが居た。

ドガは「入浴後の足を拭く女性」や「浴槽」など十作品を出展していた。

相変わらず批評家の反応は散々なもので、蛙のような肌の色の女だとか、安っぽいバスタブの表現だとか書かれていた。

「ドガさん久しぶりです。」

「ジャックか？」

「この入浴する女性は何か面白い体の姿勢ですね。」

「この場面を写真に撮って絵画にしたよ。入浴の動作はどのような体の動きをするか知りたかったのだ。

一瞬一瞬を残す写真がとても好きだよ。現実の襞《ひだ》を覗き込んで、そこに秘めやかな不思議な世界を見つけ出すことができる。」

ジャックは噂に聞いていたドガの近況に話を変えた。

「パリ市内の広大なアパートにお好きな絵画作品を集める時以外は、もっぱらオペラ座通いですか？」

「大改造のパリは直線と石の壁と騒音とやたら眩しい光に溢れている。夜さえもそうだ。これが進歩の風景かね。眼がつらいので、楽屋裏の少し薄暗い空間が一番落ち着くよ。」

ドガはオペラ座の定期会員になっていた。有名なオペラ歌手に熱中し、同じ演目を三十七回も観劇したりしていた。

「多少伝統的なというか、少し前のリゴレットやコッペリアなどのオペラはいいね。踊り子の動きが技巧的でなくていい。」

ジャックは気になっている質問をした。

「ところで先月出版されたゾラさんの新作は読まれましたか？去年の十二月から連載されてましたが、本にまとまりましたね。印象派の画家たちも結末を読むと他人事じゃないでしょうね。」

今や流行作家となったゾラの連載小説「制作」が、帝政期の風俗を描いたルーゴン・マッカール叢書の一部として発表された。

大画家になる野望を持ってパリに出てきた若者が世の無理解の中で、老年になっても芽が出ず、終いにそれを悲観して自殺するというう[だ]つの上がらぬ画家の小説だった。

「まだ売れてない画家たちは自分のことかと思ってるかもしれないな。結末は自殺だから穏やかでないな。

私の絵は結構売れているからそうでもないが、そんな画家たちはいくらも居るだろうね。」

「ドガさんは商売のセンスがおありになるからいいですね。」

ジャックは追従を言ったつもりだが、ちょっと嫌みだったかなと思った。

「親父が死んだ時にずいぶん借金があって、ナポリに銀行整理に通ったけどな。稼ぐことはできるけど蓄えができないタイプかもしれんな。」

ドガは苦い笑みを浮かべた。この人は皮肉屋で舌鋒は鋭いが決して悪人ではないと思っている。

「最近、セザンヌに会ったか？　ミディ（南フランス）に通っているんだろう。

時々パリには出てきているらしいが、ミディに閉じこもってるようだね、あまりわしのことは好きじゃないようだが。

自意識が高く自分の芸術を疑わないセザンヌにとって、これは自分のことを書いたと思ってるんじゃないか。

緻密に読めばそうは読めないかもしれないのに。」

「『ナナ』の大成功のあたりからゾラさんは変わりました。

私も行きましたがメダンの別荘へ行くと取り巻きたちが大勢居て毎日、宴会でしたね。大きな執筆室の机。部屋を飾る世界各国の調度品。お体も豊かに太られて成功したブルジョアジーの生活を絵に描いたようです。

でもセザンヌさんはエクス時代からのご友人だったんでしょう？　いまだに世の中に注目されないことを、そのゾラさんに一生売れずにあげくに自殺と書かれるとは。あてつけじゃないと分かっていても、セザンヌさんは他人事に思えないでしょうね。」

ドガはさっさと話題を変えた。

「セザンヌやルノワールの絵はいいね。時々買ってるよ。

そして今回の展示では新しい画家たちの絵が素晴らしい。

印象派の新しい流れだね。ピサロもショックを受けたようだ。

見たか？　シスレーがこまかい点描でグランドジャット島の日曜日の風景を描いた絵だ。新しい色彩論や科学的知見に裏付けされている。」

「私も批評を新聞で読みました。」

ひとしきり絵画の話になったが、ドガは絵画を好悪や芸術性で選んでいるようではなかった。

新しい実験だとか、絵画を売り買いする市場に注目される点だとか選ぶ視点が違っていた。

「ここのところ自分の写真を撮っているよ。家政婦と一緒にね。夜の写真はいいね。撮影に時間がかかるが、光が乏しいところは独特の闇が写っている。パリの市外は内も外も光が燦然と事物を照らし出している。暗闇の情緒というものが少なくなった。」

しばらくして、カイユボットが来た。二人の論争になりかけたので、私は早々に失礼することにした。

そしてその年の冬には、プロバンスに向かった。

今年はセザンヌにとって忘れられない年になるだろう。

四月のゾラの「制作」が出た時、画家たちの間では身につまされると話題になっていたが、不運の主人公が誰もセザンヌのことだとは思わなかった。セザンヌの存在はそれくらいパリでは忘れられていた。

自意識の高いセザンヌは当然、自分のことを年来の親友が題材にしたのだと憶測し万感いろいろあったようだが、寄贈された本に対する簡単で事務的なお礼の返事をゾラに書いたらしい。

さらにその月末、セザンヌは妹のマリに押し切られる形で内縁の妻オルタンスを正式に妻とし、そして、息子ポールを認知した。

オルタンスはパリにあこがれていたので一緒に暮らさず、セザンヌにとっては愛してくれる母や年老いた父や妹たちがいるジャ・ド・ブッファンが居心地のいい場所だった。

そしてあの靴職人から才覚でのし上がり銀行経営者になった父ルイ・オーギュストが十月に亡くなったあとは、セザンヌは膨大な遺産を受け継ぎ、毎月多額の年金を支給されるようになった。もう月百フラン程度で苦しい生活を送らなくて済むので、存分に心置きなく画業に打ち込むことができるのだ。

「まあよい、ここまで来たのだ。絵画には自分なりに手応えはある。それに打ち込むのみだ。」

ジャックは、セザンヌはそう考えているのではないかと思いながら、栗の木が茂り、イルカの彫刻が施された噴水やライオンの石像のある高い塀に囲まれた、今や彼のものとなったジャ・ド・ブッファンのアトリエに寄ることにした。

一八八八年　プロバンス　アルル

建築物や工事の撮影業務は大がかりな足場を組んで大々的にチームワークで行われることが多くなって、個人経営から企業経営になり、旨味のある仕事ではなくなっていた。

旅行ブームは続き観光ハガキが多少は売れており、昔の取引先から原板制作の注文はあった。アヴィニョンの法王庁跡だとか、カマルグの湿地だとか南フランスには遺跡や自然も多いので、生まれ育った南フランスで撮影することが増えたが、仕事にはあまり身が入らず自分の好きな写真を撮る方が多かった。

今回は、二、三日の予定で馬車を借りて撮影をしているが、アルルは風景的にメリハリのない街だ。

プロバンスの中心、アヴィニョンから真っ平らな田園を馬車に長い間揺られるとやっと畑の中に小さな尖塔が見え、それが次第に大きくなってアルルの市街に近づいてゆくのだ。

その途次、アルル郊外の「跳ね橋」の撮影に向かっていると、イーゼルを広げてスケッチをしている男がいた。

馬車を停め、キャンバスを覗き込んでみると、太く濃い原色。それも黄色や青の太い線でまるで派手なピエロの縞服のような色合いで描かれている。

強い印象が残り、絵画自体が発光しているような実に明るく存在感がある絵だった。

名前を聞くとゴッホというオランダ系の男だった。

しばらく話をして別れた。


アルルの町で小さな宿を見つけて、暑かった昼から涼しくなった頃、近くのカフェのベランダで、地元産のテーブルワインとレンズ豆とチーズで食事をはじめた。

麗しい夕暮れの空気の中で陶然とした心持ちになった。

さほど値段の高くないテーブルワインだが旨い。地酒だから新鮮なのだろうか。

すこし胃痛があったが嘘のように消えてなくなった。

そこへ画材を抱えた赤い顎髭の男が歩いてきた。

さっき跳ね橋であった男だ。

「やあ、先ほどは。一人で退屈してたところです。ここにお掛けになりませんか?

食事はまだでしょう。」

画家は申し出を受けて座った。

「そうですか、じゃお言葉に甘えますよ。ヴィンセントと呼んでください。」

「私はジャックです。」

ヴィンセントが尋ねた。

「写真の仕事をされてますか？」

「写真を商売にしています。観光写真だけでなく、絵画の資料として画家の方とも付き合いがありますよ。」


彼はいま「色」について興味があると言う。その他にも物の輪郭の描き方についても、日本の浮世絵についても、実に多様な技法を一度に彼なりの理解で受け入れているようだった。

それに彼は実に日本についていろんなことを知っていた。

フランス海軍軍人・ロティの日本記『お菊さん』も読んでいたし、日本の写真や挿絵もよく見ていた。

南フランスと日本には通底する溢れる光があると信じていた。

その景色を日本と重ね合わせている憧れの地・南フランスが与えてくれるもの全てを、圧倒的に彼を包んでくるものを、力いっぱい受け止めて彼の巨大な咀嚼力でこなしているのだ。

秩序だった学習だとかそういったものとはまったく違う、発熱してくるような習得というか、印象派たちの革命的技法をカオスの中で受け取っているのだ。

それら全ての技法は自分の中から突き上げてくる絵を画きたいという衝動に形を与えるために動員されるのだ。

ささやかな夕食を奢ったことで、その男は自分の絵を見てくれとつましい二階の下宿部屋に案内してくれた。

私はその部屋で奇妙な絵を見た。それは彼自身の部屋を描いたものだった。

広くない一部屋の半分を占める大きな木製のベッド。

そのベッドの手前側の縁が異常に大きく、濃い黄色の衝立のように見える。その不釣り合いの大きさで絵のバランスが崩れるかと思えるほどだ。左半分は木製の粗末な椅子が二つ。その間に水差しの置かれた小さな机がある。

その後ろに六面の緑の縁のガラス窓が見える。

床は艶を失った渋柿色。部屋の壁と天井は軽やかな水色。単純で力強い三つの色が調和している。壁面には六枚の絵が掛かっている。

ともかくもベッドの黄色の衝立枠が異様な存在感を醸し出しているが、それは不安ではなく未来に希望を持っている表現だ。

ジャックはセザンヌの絵とも違う、じっくり凝視された自然ではなく理念であり信念のような人間の意志の塊を感じた。これも具象ではない。

何という自己主張をするベッドだ。包まれるような愛情に満ちたベッド。母親を「象（かたち）」にしたような安寧で暖かいものだ。


その他にも描きかけの絵を見せてもらった。

どの絵画も何か自分の中の「魂」のようなものに形を与えるために、野の木々も行き交う人々も町の家並みも、夜の星も、飛んでいる鳥も、跳ね橋も存在しているようだった。

その形はおよそ、セザンヌによって凝視され絵画にされた自然ではなかった。

自分の内側を語っているのだから、自然から学ぶことは少ないわけだ。

世の中の佇まいなど彼の関心から外れている。キャンバスを立てて見ているのに彼は自分の中に向かって立っているのだ。

そんなことを考えていると不意に質問された。

「あなたは、写真を撮っていて面白いですか？」

「商売で始めたんですが、今は自分のために撮ってますよ。」

「どのような写真ですか？」

「まあ、プロバンスの歴史的なものをとることかな」

ジャックはお茶を濁すようにあいまいに語った。

彼にとって写真とは何なのか。

とどのつまり、彼にとっては写真などというものは絵画の親戚ですらなく、下絵にすらならない別のものなのだ。

いや絵画すら芸術品ではなく、単に得体の知れない自分を表現をするための媒介物なのかもしれない。

自分の「眼」が見つめた対象で無いというだけで、どのような写真も全く自分には関係の無いものであろう。

想い入れを込めて見ることはそれだけですでに別の何かを見ているのだ。だから彼はあんなにとめどなく、執拗にしゃべるのだ。傍若無人に無遠慮に。

またヴィンセントは唐突に別のことを語り出した。

「君が持っている写真暗箱は、将来もっと小さくなるだろうね。

そうすれば新聞記者も旅行者も片手ですべてが足りる。

世界中の人々が小さな写真暗箱をもって、自分の知らない世界に旅ができる。」

彼はジャックに向かって言っているのか、自分に対してなのか分からないような台詞をつぶやいた。

「とにかく、今まで見たことがないところ、アフリカとか日本はもちろんだが、フランスやオランダでも自分が足を踏み入れたことのないところに行ってみたい。

私は歩き通して何かを見つける、どこに行っても結局観る風景は変わらないかもしれないが。

絵に描きたい衝動が現れるまで、この先、その先、あの先に何かがあると信じて歩きつづける。僕は何かが私にこの世の証を見せてくれるまで世界の果てまで歩き続ける。

そのためには動き出さねば、歩き出さねば見つからぬ。

歩くことから私の画業は始まる。」

ジャックは圧倒されながらも、なんだか大らかで敬虔な気分になって、

「同じだね。私も写真を撮っていてそう思う。

中国の奇妙な大都会や鬱蒼としたジャングルのライオンを撮ってみたいとは思うがそれは何か違う。

絵空事になってしまいそうな気がするんだ。」

しかし私はようやく写真に対してポジティブな構えを持ち始めた。

「フランスの田舎もイギリスの郊外もどこも同じじゃないかというが、
あらゆる場所はそこだけのユニークなものがある。そこにしかないものがある。

だからこそ過去の一枚の写真は名さえ忘れた土地の、そこでたたずんだ時間や空間を思い出させてくれるんだ。」

彼は透き通った青い眼を地平線に向けて、内側のマグマが静かに揺蕩《たゆた》うように微笑みを浮か

べながら、

「歩く、そして歩く。この先には何かがある。

きっと見るべきものが、画くべきものが……。」と呟いた。

ジャックは遠い国日本に思いをはせた。

昭武の居る日本、フランスの画家たちが熱狂する浮世絵の国を。


写真館が特別の職業ではなくなって半世紀近く経つが、いよいよ革命がアメリカからやってきた。

「あなたはボタンを押すだけ。後はコダックがお引き受けいたします。」

と言う宣伝文句で、乾板どころか感光材料が塗られた紙製のストリッピングフイルムが装填されたレンズ付暗箱ごと購入して、百枚まで撮影したのちアメリカに送り返せば、二インチ半の円形写真が現像プリントされて戻ってくるのだ。

米国のジョージ・イーストマンが新開発した「ザ・コダック」のシステムだった。

画家たちはもちろん、新奇もの好きの人々はこの新しい写真装置を購入し個人でまた家庭で愉しんだ。

来年はパリで第四回の万国博覧会が開かれる。

エッフェルという男が巨大な三〇〇メートルに届く鉄塔を作っているという。

そして巨大な自転車の車輪のようなものがタテに保持されて、人を乗せて大空で回転する「観覧車」とよばれるものも計画されている。

世界中から集まる多くの観光客はこのコダックシステムを使って、まばゆい光に照らされた新しいものや珍奇なものを撮影するだろう。そして故郷に帰って自慢話をするのだ。

写真はますます簡単に身近なものになり、世界中の家庭に普及しプロの仕事は限られてくるに違いない。

一八九〇年八月　プロバンス、サント・ヴィクトワール山

ジャックは小さな独り乗りの荷馬車を借りて、写真機材と野営の道具を積み込み、プロバンスの田舎道をのんびりと走っている。

エクスの瑞々しい噴水や光溢れるプラタナスの街路樹を抜け、市街を周回する道路を横切り東の方向、白い山を目指す。

うねうねと続く小高い丘の間を、緩やかに上下する街道を抜けて移動してゆく。

セザンヌに聞いた言葉を思い出す。

「古代ローマ人たちは景色を考えながら道路を作った。彼らの道を歩くと、どこの地点から観てもちゃんとした絵になる。」

上は抜けるような青空だが、水蒸気を含んだやや不透明な空気が朧気な光景を行く手に作り出す。

小鳥たちの囀りが絶えず聞こえ、ハーブの匂いなのか甘くもありながら、薬草の奥深い香りが時折、鼻孔をくすぐる。

次第に左手にサント・ヴィクトワールの山容が大きく見えてくるにつれて眺めの良い丘に荷馬車を止め、写真機を三脚に載せていくつか場所を変えた後、納得する構図が決まったら、暗幕をかぶって磨りガラス上のピントを合わせる。

前景に球状に枝葉の茂った一本の高い樹木を入れ、後景に横たわる白いサント・ヴィクトワール山の塊を置く。

左から右に緩やかに下降してゆく構図となり、常に白い山は一定の角度を持って南面しており、石灰質の山肌を太陽の方向に向けてまるで居並ぶ人々の群像のようだ。

ひとしきり撮影していて、ふっと気づくと近くの古びたベンチに老婆が座っているのが見えた。声もなく姿勢は少しも動かない。そして時間も動いてないようだ。

その場所から、一時間くらいまた荷馬車を移動させると二、三メートル程の高さの林、びっしりと敷かれた緑のカーペットの中に古代ローマの建築物を思わせる三層の館が頭を見せた。

ジャックには緑の海に孤立した岩礁のように見えた。

その奥には近づいてよほど高くなった白い山壁が背景となる。山の上には一個の十字架が立っているが、先ほどよりもずいぶんはっきり見えるようになった。

しかし写真に撮ったらがっかりするくらい小さいだろう。

林を抜けると山麓に出て左右の視界が広がり、広大な灌木の叢の入り口に立つ。

大地は白く乾燥した砂地だが、プロバンスの冬の名物・ミストラルが吹く頃はきっと大きく舞い上がるのだろうとジャックは想像した。

今は六月なので蝉の声とともに暑さも増してきた。

山頂の十字架と古代的な館と大自然の白い山とを対比しながら、なんとか写真にならないかと考えているうちに、ジャックは思い切って馬車の上で撮ることを思いついた。

馬が動くと危険でもあるが上がってみると全く視界が変わった。

これが古代ローマの騎士の馬上の眺めなのかもしれない。

一八九〇年八月　プロバンス、サント・ヴィクトワール山

さらに荷馬車で進む。

半日ぐらい経ってちょうどエクスから見て山の反対側の平地に辿り着く。古代から歴史を重ねているような寒村があった。

村の規模に見合わない大きな墓地が拡がっており、白から黒に至るあらゆる無彩色の十字架が雑然と並び、まるで祭りに集まった村人たちが佇んでいるように見える。

背後には西側には又、あの山がやや小さくなったものの青くうずくまっていて、ここでは何千年もの間ずっとこうした景色なのだろうとジャックは想った。

ピントグラスの上半分に転倒した墓標が並んでいるのを入れながら、山の姿を遠望しつつ数枚撮影する。

やっと朝買ってきたパンとワインでジャックは昼飯を摂ったが、その間村人の一人にも遭うことがなかった。


午後も半ばになってきたのでエクス方向、西に方向を変え今度はサントヴィクトワール山の北側の道を辿って馬車を走らせると、しばらくして村はずれのかなり広い松林に遭遇した。しっかりと密度濃く樹叢《じゅそう》が連なっているので、松林の向こう側は見えない。

山裾にこじんまりと密集している松林に何かを感じたジャックは撮影を試みる。

荷馬車を降りて折り畳んだ三脚と写真暗箱とレンズ・撮影材料を担いでその中に入ってゆく。

午後の光はやや強く、松林の中は斜めに光が幾条にも差し込んでいる。

樹々の間に三脚を据え暗箱を設置し密集した松の並びに相対して、どう切り取ったらいいのか悩みながら構図を選んでいく。

幼い松の垂直な灌木や長い間にS字に育った幹もある。

びっしり松が並んでおり、奥に行くにつれて少しづつ暗くなっている。

ピントグラス上半分の転倒した下草は長かったり短かったり不揃いで、様々な塊をしている。これから育つ幼木もある。

下半分に拡がり縦横に伸びる枝々も面白い形だとジャックは思った。

焦点を合わせていくと松の幹や後ろがぼけたりはっきりしたりする。

セザンヌの絵画のように全画面に適切な位置を占めつつ、密度濃く描かれた縦横斜めの線。樹木の量感。明暗による奥行き感をイメージしながら、写真暗箱を微妙に動かして納得する構図を探す。

一枚撮るのにずいぶんの時間がかかる。

露出も変えてその場所で数枚を撮り終えたとき、突然、何かに観られて取り囲まれている感覚が急に膨らんできた。

誰か観ているのか。どこかに人が居るのか。さらに感覚は研ぎ澄まされ、三百六十度の松すべてに眼球があり、それらから蝟集する視線がジャックを見ている感覚に襲われたのだ。

誰からも襲われるはずなどないのに居ても立っても居られぬ恐怖の感覚だ。

この森にはとりあえずジャック以外の「意識」が存在してようには見えない。

しかし確かに何らかの「意識」に眺められているとジャックは強く感じた。

その切迫感は刻々と増大し、狂気とすら思われる心の異常となってゆく。

この場所から逃れられるのだろうか。

永遠に出られないとジャックはどうなるのかと思った。

その間にも「視圧」は増大してゆく。

ともかく作業を中止して、ここから逃げ出すしかない。


ジャックはほうほうの体でエクス・アン・プロヴァンスに戻ってきて、夕日をバックに美しい噴水を観た頃には心も落ち着いていて、ともかくエクスのホテルでベッドにもぐり込んだ。


翌日、ベルビュでビクトワール山を描いているセザンヌに逢うために、セザンヌの妹夫婦の山荘にゆく。

とても眺めがよいところで、今日もセザンヌはこれまで何枚も描いた山の絵を描いている。

ジャックは覗き込んだがセザンヌは気にもしていない。

イーゼル上のキャンバスは完成せずに長い間置かれているように見えた。（口絵⑥）

溢れるばかりの光の中でコントラストのついた風景。

物体から跳ね返る光。それを受けて明るく拡がる空。

松の木の枝が手招きをしてやさしく流れる空気を表している。

それは不動のヴィクトワール山の「形」を撫でるように引き立てる。

そして軽やかな風を感じさせるその下、美しい青と白と薄いマゼンタの山肌。その存在感がジャックにはなんとも厳かなものに見えた。

細い櫛形に伸びる鉄道の高架橋は光を反射して白く、その下になだらかに右に傾きながら拡がっているプロバンスの田園。

それら全ての要素が同じ遠近、同じ存在量を持たされて画面に併置されている。

セザンヌはジャックの思考を見抜いていたかのように独り言を発した。

「凝視してみてご覧。これら自然の有り様を。

『山塊』の表現よりは具体性を薄めてさらに抽象的な形が与えられているのはなぜか。

『山塊』上部に何故あの形の『松の枝』があるのか？

松の枝振りやしなやかな動きはなぜそのような形を与えられているのか。

田園や鉄橋はどう色や形の表わす存在に昇華されて、この山塊と絵画の中で関係しているのか？　これら全ての問いが満たされているか。」

考えてみれば私たちは風景全体を写真のように均一の画面で見るわけではない。

それぞれの部分に意識的な焦点を当て視線を移動しながら、それぞれの写像をどこかで統合し脳の中で全体のイメージを作っているのだ。

セザンヌはそれが分かっていて描ききっている。

セザンヌの脳の中に明らかにイメージが、漠然とした「象（かたち）」が固まりだしているのが分かった。

セザンヌは満足そうだった。彼にとっての精神の中核のような山。

言語能力も人並み以上である彼はこの山を頭の中で様々な言葉に置き換えて理解しているのだろうとジャックは思った。セザンヌのつぶやきは続く。

「球・円筒・円錐を平面上に組み直す。

どれも『質量』が無ければならない。影の問題じゃない。」

実に哲学的な言葉だ。

「風景には前に膨らんでくるもの。奥に沈み込んで行くもの。全体の錘になるもの。全体の『熱源』になるものが混在している。」

ジャックはふと思った。ドガが「微分」の絵画ならセザンヌのそれは「積分」の絵画なのではないか?

ドガの絵は間違いなく現実のある一瞬を切り取ったものだが非現実的な姿を現す。

セザンヌの絵は現実に存在しないものだが現実よりリアリティがある、

そんなことをセザンヌに伝えると、

「私は山塊の面は凹だと思っていた。だから陰影をつけ後ろに退くように描いていた。しかしあの面は凸だ。

縮まないで陰影は蒸発し流動化する。

右の方の空は湿気を含んでいる。海が反映しているのだ。それを描かねばならない。」

セザンヌは類い希な言語能力で観察したものを正確に、絵画的に把握しようとしているようだ。

ジャックは昨日の不思議で恐ろしい経験のことを話してみた。

「私は風景の中に不思議な眼の存在を感じました。風景から見つめられていました。」

セザンヌはさほど驚かず、淡泊に答えた。

「それは遠近感の崩壊だ。視界全体が松林空間一色になって、遠近が錯覚のようになった。空間意識に狂いが生じたんだろう。」

「錯視ですか?」

「私もなったことがある。北フランスの森だったか、ガルダンヌだったか忘れたが、凝視している内に陥ってしまった。自分の視界が揺らぐのだから、非日常の世界になる。事物との距離感が一定の幅の中にあって、前後意識が弱くなったのか、元々絵画は二次元だから遠近感の喪失は陥りやすいものだが、遠近法がそれを解決してきた。」

「空間が煮詰まっていたのか。」

ジャックは少し理性的になったが昨日の異状は残っていた。

「そこで耐え抜いて、凝視を続けていれば、あるいは空間や立体感が二次元上に構築された『象（かたち）』に還元されていたかも知れない。」

「球、円筒、円錐として捉える被写体
空気の映り込み。地理や歴史を孕んだ写真。
時間を積分したような写真そして『象（かたち）』が現われる絶妙な距離。」
ジャックには新たな課題が見つかった。

一八九二年　パリ

ジャックは昔からの取引先に会うためにリヨンからパリに出張していた。最近は仕入れや販売や輸送は店の若い者たちに任せている。

コダックシステムはさらに進化し、セルロイドという新しい物質をロール状にし、それに感光材料を塗ったものを発明した。一枚ずつ交換する手間が省け、多くの枚数を写真機に装填できるようになった。ロールフイルムの出現だ。

パリの知識人やブルジョア、地方の富裕層は家庭の必需品だとこぞってこのフイルム写真機を購入した。

ジャックは新しい材料を勧めたり使い方を教えたりして、知り合いに販売した。

それでもまだ写真館の大勢は一枚一枚入れる乾板を使う暗箱を使っていた。取り扱いが格段に楽になったスワン乾板の大量生産が可能となり、材料の価格も安くなり普及していたから変えようとしなかったのだ。

そんなある時、ジャックは旧知の貴族にどうしてもと頼まれた仕事があった。

社交界で主催するパーティで人々が自分の仮装写真を撮りたがった。仮面の自分の姿、非日常の自分を留めておきたいので撮られた写真を買うのだ。

ジャックがやらなくても撮影業者は大勢居るのに、長年の付き合いもありジャックは断り切れなかったし、長年のお得意だけに店の者に任すのも躊躇《ためら》われた。

賑やかな会場の一室に仮設スタジオが設けられ、ベネチアと思しき背景や日本の衣裳や道具等多くの仮装ものができた。改良されたマグネシウムの閃光照明や飾花や豪華な椅子なども備えられた。

「失礼ですが、写真のお仕事をされてますか？

それは新しい写真暗箱ですね。」

瓜実の白皙《はくせき》な顔立ちの知的な若者が話しかけてきた。

「新しい組み立て暗箱ですよ。」

「申し遅れました。私はパリ大学で法律を勉強しているマルセル・プルーストと申します。写真にとても興味があり特に名刺版写真（カルト・ド・ヴィジット）のマニアなんです。ずいぶん集めました。特に美しいご婦人の写真は。

今日も知り合いの貴族のご婦人方に写真を頂戴するよう頼んだところです。」

フランス人写真家ディデリが考案した名刺写真は複数レンズのカメラで一枚のネガに十二枚のポーズを撮りそれまでより大幅にプリントが安くなった。

「そうですか。写真屋のジャックと呼んでください。

でも許しを頂かないと、私は勝手に写真をお渡しできません。」

「もちろんです。私もちょっとは顔があるので誰彼と、つてを伝ってゆくともらえるものなんです。」

ジャックは一寸興味もあったので、

「写真を集めて何かに使うのですか？」

「いずれ小説でも書きたいと思っていますが、登場人物の人物像を設定するのに精密な描写をしたり性格を考えてみたり、集めた写真を眺めながら配役を想像するのは面白いんです。」

仮装した華麗な人々で撮影を待つ列が出来始めている。

「マルセル君はどんな写真暗箱を持っているんですか？

もし使えるならこれで撮影をしてみますか？」

マルセルは一寸躊躇って、

「……どちらかというと撮るのではなく、観る方ですね。」

いろんな姿で仮装した人々が撮影を依頼してきた。マルセルは終わるまで仮設スタジオから離れず、時には知り合いの人とも挨拶しながら細々と手伝ってくれ、遂には撤収の手伝いまでしてくれたが、それにはちょっとした企みがあったようだ。

「ジャックさん、この後お忙しいですか？

よければ、写真の話をもっと聞きたいのですが、これからカフェで食事でもできませんか？」

ジャックはなにか好感を持てるこの若者にもう少し付き合うことにした。

「今日中に、現像して焼き付けしなければならないが、食事の時間ぐらいはいいでしょう。」

ジャックは撤収を部下に任せてマルセルと近くのカフェで話をすることにした。


食べものを注文するやいなや彼は待ちかねたように質問してきた。

「もう二十年前のことになりますが、マイブリッジの連続写真のことはご存じですか？」

「カリフォルニア州知事に頼まれたイギリス人のマイブリッジが走る馬の瞬間撮影を成功させたことですね。確か一八七四年でしたね。」

ジャックは何か思い出して口にした。

「そうです、馬の駆け足論争の分解写真のことです。

何百年間も絵画に描かれた馬の駆け足の姿にジュール・マレと言う人が異論を唱えた。馬のそれは二本の前足を繰り出し、後ろの二本の足が支えるのではなく、まず前の一脚を繰り出し、次に後ろの二脚の足が重心をとり、そして次の後ろの一脚の足を支えにするというのです。」

法学部の学生らしく筋道を立てて話をした。

「何頭も馬を持っていた元カリフォルニア州知事はイギリスの写真家マイブリッジに写真を使って判定するよう依頼した。マイブリッジは並んだ十二台の写真機を使って、その前を疾走する馬の分解写真を撮影した。結果はジュール・マレが言った通りだったという話ですね。」

「私の知り合いの画家ドガさんがとても参考になったと言ってたな。」

「我々が、いや観察の専門家である画家が日常しっかり見て再現できてると思っていた様々なものの動きが、本当ではなかったんですよ。

人間は見ているときに都合良く自分なりに理解して、省いたりあるいは曲解したりしてるんですね。」

マルセルは知っていることを早く言いたそうに、

「そしてさらに六年後、今度はジュールマレーが飛んでる鳥を撮るために『写真銃』を開発、回転式銃の弾倉部分に乾板を入れて回転させ、瞬間的に鳥を止めて写すことができた。」

「我々が観ている世界の何百分の一と言う時間が写真になったんですよ。」

「そんな連続写真をパラパラとめくって行くと写真が動き出すんですよ。

一見、時間が記録できるんじゃないかと思ってしまうんですが、どうもそうではないんです。」

「時間ねえ。」

ジャックは話が飛んで、少し困惑した。

マルセルは話を変えた。

「でも最近思うんですが、写真は物事の記録や存在証明にはなりますが、記憶はまた違うんですよ。」

「写真は時間を止めて固定し、記録として永遠に残すことが出来ると思っていたが。」

ジャックは話の行く末が判らず戸惑っている。

「正確にはそれは時間ではないのです。切り取られた加工された時間なのです。」

「時間とはもっと異なる次元のもののことです。連続写真の枚数で記録されるものではないのです。

認識する主体によって変わるし、物質とは違うものなのだそうです。」

「主観的だというのですか？」

「それもすこし正しくありません。」

「強いて言えば、今ここで脈打っている『時間』というもの。

伸びたり縮んだりする時間。

空間は可変ではないが、時間は可変だ。

私の内なる時間でもあり、絶対的な時間でもある。

時間は空間とは全く違うものです。

私の親戚の哲学者、ベルクソンというんですが、そんなことを言っていました。」

「創作の源泉は知性の過去の記憶にある。記憶は時間を飛び越えますね。」

有能な若者の会話について行くのに少々うんざりしてきたが、ふとセザンヌがそんなことを言っていたことを思い出した。

「私は時に哲学の本も読むのだが最近とても面白い本がでた。

時間について書いている。まだよく理解ができていないが、私は絵画には時間はどう描けるんだろうかという疑問がある。

一枚の静止画に時間が描き込めたら素晴らしいんじゃないかね。」

大変な読書家であるセザンヌも読んでいたのではないかとジャックは思った。

一瞬の光景を切り取るだけの写真と異なって絵画は時間の前後を超越して描くことができる。

セザンヌは「時間」をどうキャンバス上に再現するのか考えていたのだろうか。

ジャックがそんなことを考えている間も若い知性は次々と想念を語り出して止まらない。

「私は『見る』ことの文章表現も変わってくると思ってるんです。写真が教えてくれた自然の本当の動きの文章表現に変えていくべきだと思うんです。客観的な叙述ではなく、主観的な目の動きこそが心理描写にも使える。例えば恋人との接吻シーンも、相手の目や首筋や頬や唇の間をせわしなく動き回っているはずですよね。」

あるいはまた話題が変わって、

「これからは歴史の時代から写真の時代になる。絶対的な知性が俯瞰した視点からの歴史記述ではなく、人間個人が相対的な立場でいろいろ見ているものが無秩序に撮られている世界というか。どんな纏まりもなく、文脈もなく、時間的流れもなく、断片としての夥しい写真だけが残っていくんです。まるで金属の美しい欠片が散らばって落ちているように、夥しい写真が、ただ流れる時間の大通りのそこここに蒔かれて残っていくんでしょうね。これから何百年も。」

夜更けになってきた。ジャックが予想していた時間を大幅に超えている。現像の時間が心配になってきた。

一八九五年十一月　パリ

画商アンブロワーズ・ヴォラールの百五十点に及ぶセザンヌの一大個展は大成功だった。一気に若手の画家を中心にセザンヌの評価があがった。モネもルノワールも見に来てその絵画世界の壮大さに驚いていた。

改めてセザンヌの絵画山脈の全容が掴め、それぞれ一枚一枚に絵画革命の険しい道のりが見て取れた。

第一回印象派展で出品された「首吊りの家」はまだ厚塗りが残っていて、その無骨なまでの画面構造の追求はまだ新しかった。

あの時からセザンヌは「自然の観察」を自分の独自な視点で始めたのだ。レスタックとイルドフランスの往復や穏やかな人格の画家ピサロとの安息に満ちた印象主義の修業時代を通じて、溢れるばかりの光の中で彼の絵はどんどん明るくなった。

村々の曲がりくねった道路を構成要素として半円あるいは曲線として絵の中に位置づけて、観る者に通常の視覚とは異なる不思議な『揺らぎ』を示して見せた。

さらに「マンシーの橋」では深い緑の世界に浮かぶ、古い石橋の存在感を濃密な空間として描き得た。

レスタックではマルセイユを望む丘の上から俯瞰図を数多く描き、画面の安定に対して破調としての煙突などの取り扱いを研究し、視覚的な『とげ』のようにタブローに視覚をつなぎとめる『揺らぎ』を実現した。

この時代に彼は遠近法を越えることを試みた。

一方で独特のリズムのある筆致も生み出してきた。

リンゴや果物の静物画をジャ・ド・ブッファンのアトリエに何度も並べ直し描き抜いた。画面の中にリズムが生じ、まるで楽譜の音符のように横方向に眼を誘って軽やかな音楽が聞こえてくるような画面を生じさせた。

遠近感を狂わせたり、事物が落下する『動感』を垣間見せたり、鑑賞するものの視点を微妙に抽象的な位置につり上げ奇妙な浮遊感を与えた。描かれた果実たちが、奈落に落ちてしまうような『揺らぎ』を創り出した。

独特の肖像画や人物画を生み出すことに努力し、全く対象と似てない、性格も人となりも伝えようとしていない、現象の中のある存在としての『ひと形』を「象（かたち）」にして見せた。

サントヴィクトワール山の連作では明確に遠近法から超越して行った。

脳の中に明らかなイメージが、漠然とした「象」が固まりだしているのが分かった。

「地質時代」や「歴史」まで絵画の中に孕ませようとさえした。

私たちは風景全体を写真のように均等の画質で眺めない。

それぞれの部分に意識的な焦点を当て視線を移動しながら、それぞれの写像をどこかで統合し脳の中で全体のイメージを作っているのだ。

セザンヌはそれが分かっている。

豊富な言語から呼び起こされる自分の脳内イメージと実際の自然の視覚的把握とを峻別し、何度も繰り返されるその間の往復の内に実在感を高めてくる「象（かたち）」を描ききっている。

「自然だけが教師だ。」

セザンヌがピサロに教わった絵画の基本をまさに結実させた。

だが結果は途方もないものだった。

マネは西洋絵画の大きな流れの中で建設的破壊を、革命を起こした。

しかしそれは西洋の絵画の巨大な視座、西洋絵画史的枠組での話だ。なによりも彼は西洋絵画の優等生であろうとした。

だからこそあれほど東洋の芸術に新しさをおぼえたのだ。ジャポニスムは本当に新鮮だったのだろう。

しかしセザンヌは毎日のように「自然」と対峙して絵筆を動かし、ルーブルの名画の林を歩き、膨大な書物を読み、描き方や技法という次元ではなく、絵画というものを根底から考えた。

根本から捉え直したからこそ東洋も西洋もなかった。

セザンヌの視覚をめぐる長い探求の旅路で、日々続けた恐ろしいほどの「視る」ことへの執着、彼にはなにが見えたのであろうか。

そして一部分一部分考えた末のひと筆触。一枚の絵画の完成に数年もかける執拗な情熱。

それは「象」というものが見えていなければ出来なかったことではないのか?

写真家はそれほど被写体を見続けているのか?

写真家は早くシャッターを押したいという願望と恐怖とに押されてしまう。

だからいつもスルリと「自然」に逃げられて、確かさを得ることができない写真家は何枚も同じものの写真を撮るのだ。

なにか自分が突き詰めていないのではないかという、潜在的な物足りなさを感じながら。

ジャックはセザンヌの山脈の巨大さを感じながらそう思った。


コダックの写真システムへの改良は続く。

裏紙のついたロールフイルムを開発して、日中装填が出来るようになったポケットコダックという普及型のカメラを発売した。

暗室がなくてもアマチュアたちはフィルムの入れ替えが出来るようになった。

カメラの大きさは携帯可能な程に小さくなった。ゴッホの予言が形になった。

久しぶりにジャックは、このカメラの注文をもらったドガを訪ねた。

ドガは最近は外出しなくなり、あれほど通い詰めたオペラ座の楽屋にも出かけず、広いアパルトマンでわずかな友人たちと話をする日々らしい。

家政婦ゾエの献身的な家庭支援がなければ続かない生活なのだろう。

「ジャックくん、久しぶりだね。」

「最近は、街へあまり外出されないんですか？

カフェでお見かけするのも少ないです。」

ドガは答えず、弱々しい微笑みを返しながら、

「新しいコダックが出たらしいね？

それがそうか？」

ドガは二十年くらい前から視力がだんだん衰えていた。

「普仏戦争の時、大砲の発射閃光を間近に見たのが原因だが、
このごろは酷い視力になり、画布に絵を描くのが辛くなってきた。」

「写真もそうですが、彫刻も制作されてるそうで、いくつになられても新しい分野に挑戦されるんですね。私たちも見習わないと。」

「はは、年寄りを冷やかさないでくれ。

手触りのある彫刻をやっていると筆を使うときの参考になるからね。

もう三十年も続けてるよ。

馬を正確に表現するのには、デッサンより立体物の方がいいよ。」

珍しく口が回るようだ。

「踊り子だって塑像の助けがなければ厚みや量感や動きのあるものは描けないし第一、私は彫刻家ではない。

同様に写真家でもない。すべては素描のためにやっている。」

「入浴の一連の動作に興味があってね、写真を利用しているよ。

なかなか頭の中では組み立てられない。いろんな角度から写真に撮って壁に並べていると
デッサンのヒントになる。」
めざとくジャックが抱えている包みを見つけると、
「どれどれ、新しいカメラを見せてくれ。
今は夜の写真というのに興味があってね。昼間撮るようにあまり明瞭に写らないし、周辺は
闇に消えかけている。
ランプの光をある角度当てると、思わせぶりな物の姿が見えるし、詩さえ感ずることもある。
そんなぎりぎりの節約した光線のなかに、人物を置き長い時間姿勢を変えずにいてもらうと
幻影的な写真が撮れる。
これはいい。あらゆる階調を見せながら、漆黒の暗闇に溶け込んでゆく人や事物の姿の美し
いこと。世界が立ち現れる瞬間だよ。」
「写真のあたらしい可能性にも気づかれているんですね。」
「今度、写真展をやろうとおもってる。」
今日のドガは能弁だ。黒縁の眼がねの奥でゾエさんも苦笑している。
「あの素晴らしいパステル画は描き続けられていますか?」
「視力が衰えているので写生に対する正確さは覚束なくなったが、私の好きなフォルム(かた
ち)をもつ絵が少しづつ描けるようになった。

いま落馬した騎士の絵を描き始めた。

黒い暴れ馬と黄色の乗馬姿の騎士と背景は深く芳醇な緑にしようかと。

風景画も描こうと思っている。

形も色も定かではないフォルム（かたち）に興味が出てきた。

写真と違うあいまいな絵だ。

これも夜の写真を撮っているせいかもしれんな。

フォルムが意味を失わずにいられるぎりぎりのところはどこまで崩せるのか興味があってな。」

フランス陸軍が冤罪を起こしたドレフュス事件の話。最近、出てきた科学的理論に基づく新しい画家たちのこと。久しぶりにドガさんといろんな話をした。

ドガの身の回りの世話をやいているゾエが大きなお腹を揺すりながら近づいてきた。

「旦那様もそろそろお休みになります。

カメラの代金をこちらにご用意致しました。またお願い申し上げます。」

陽も傾きだしてオレンジ色の斜光が部屋に差し込み出すと、ドガは来し方を振り返るように、帰ろうとするジャックに言い足りなそうに話し続けた。

「カリブの植民地育ちの私はパリに出てきた頃、怒濤のような第二帝政の時代で毎日が驚きの連続だった。

マネや印象派の仲間たちに巡り会って、私には真に同調は出来なかったが、楽しく心躍る芸術革命に立ち会えた。

死んだ親父の借金の始末だったりそれなりに人生で苦労はしたが、目の前で起こる出来事の一つ一つを見落とさぬよう、忘れぬよう作品に残さねばならないと思った。

手段は何でもよかった。写真でも彫刻でもパステル画でも。加速した時代の変転に浮かんでは隠れていく瞬間、時間の襞を留めておきたかった。」

帰ろうとするジャックになおもドガは話しかけてきた。

「私は人の姿かたちや動きは何より生きているものの神々しさに溢れているとおもう。踊り子の動作に人体の一瞬の美を観た。

風景や事物もいいかもしれないが、それは自然であり命ではない。

たとえば走る馬の足の動きに力強さと優しさを感じた。

踊り子の躍動感をどうそのまま残していくかが私のテーマだった。

デッサンでも写真でも彫刻でも、あるときは日本の扇子まで素材に使った。

いくら凝視したところで世界が分かるわけではない。

世の中の動きが加速している。動いて変化していく世界こそが真実だ。

これからの未来がどうなるか分からない。

しかしこの世紀は『ひと』が『もの』を生み出し、人生を謳歌した『いのち』の世紀だった。」

私は翌年の冬もまたエクスにいった。

セザンヌのアトリエの片隅のテーブル。上にはリンゴやオレンジ、いろんな果物が無造作にのった籠があった。横には壺もあった。

まるで画家の永遠のモデルとして置いてある。前回、訪問した時と何も変わっていないようにも見える。

「ほらこうやって今、現前に見えているもの。」

ジャックがアトリエに入ってきても振り返りもせず、セザンヌはポツポツと独りごちを続けた。

「暗箱のレンズにあたる目玉の奥の脳髄に『乾板』はない。

でも私には見え続けている。それも正確に。

人間にも『感光板』が付いてるのか。」

「私の頭の中で結ばれている像は写真ではない。

なにか写真のようなものだが、精密ではないある漠然としたものだ。」

ジャックは気配を出さぬよう気をつけて聞き入った。

「この頭の中で見える像をキャンバスの上に再現できればいいのか?」

セザンヌのアトリエに陽の光が柔らかく差し込んでいる。

「それが、ゾラが言うところの画家の気質を通過した私のオリジナルの絵なのか？」

ぼそぼそとした独り言が続く。自分の思念を言葉に移し替えようと。

「いやむしろ、旨く再現できたとしてそれは何か意味があるだろうか。

よほど写真の方が機械的なだけに混じりけなしで正確な像ではないのか。」

「いや、しかし人の眼によって意識的に再確認された光景。

エクロンで選び取られただけで意味があるはず。

ひとの脳髄が何かを見つけ、凝視を始めたのだ。」

何日も考え続けていることを誰かにぶつけたいのだろう。

「私は空間の構造を感じる……、
奥行き・タテの線・横の線・陰影によるボリューム感・光量の少ない暗闇の部分。果物のそれぞれの色彩。そこに現に存る偶然ではなく必然のそれぞれの位置関係。空間全体の流動感。」

ゆっくりとジャックの方を向いて語り出した。

「色彩は大きな要素だ。

すべては光が暴き出した空間だがものには固有の色がある。

部屋の机の上の赤いリンゴ。でもその赤も朝から夕方までの日の傾き次第でいろんな色になる。

モネが積み藁や大聖堂で実験したとおりだ。」

「しかしそれは光の問題であって移ろいやすい影の話だ。人間がふつう認識している存在の色ではない。」

哲学的な自己問答が続く。

「人々が赤いと言う時のリンゴの『赤』は抽象化された色彩のことだ。だからこそ赤いリンゴは人々の間で意味が共有される。」

パレットの絵の具を指すセザンヌを見ながらジャックは黙って聞いていた。

「それは具体的にはどこにもない色だ。頭の中でイメージとして理解される色だ。眼前の物体の色とは異なる。

あるいは絵の具の色といってもいいかもしれない。」

「ではその頭の中の絵の具の色、これらは言葉とどのような関わりがあるのか？」

画家は自分の問答に深く沈潜していった。

「初めて室内に入ってきた人が暗がりの中で、机の上に何があるか見つけたときのことを想像したのだ。

まず赤い丸い何か、いや正確に言うと何か球体だ。

そのようにだんだんと意味の『焦点』が合っていくだろう。

そうじゃなかったかね、ジャック？」

「そのうちにどこかで『リンゴ』や『オレンジ』という言葉が脳内に閃いて『理解』ができる。

脳髄を駆け巡っている語彙と突然符合する。

そこからは言葉でつながり操る世界になっていく。」

ジャックは黙って頷いた。

「そうだ、その境目のところが重要だ。

なぜリンゴという単語が選ばれるのか？

オレンジという単語が選ばれないのか？」

「どうして机の上にあるリンゴを、『リンゴ』だと思ったのか？

リンゴのない国の人々は『リンゴ』という言葉は知らない。

果実とさえ思わないかもしれない。

何か自分の国の植物と似たものだと思うだけだ。」

しばらく沈黙が続いてまた言葉が発せられた。

「いや違う。リンゴと言う語彙の問題ではない。

それは勝手に言葉によって名付けられたもので本質的ではない。

どこまでこの形が壊れればこれが『リンゴ』と思わなくなるのか？

ただの赤い丸のような実体に戻るのか？」

ジャックはセザンヌの独り言を横で聞きながら写真のことに思いを馳せた。

ではあそこにあるリンゴを写真に撮ろうとした時、「リンゴ」のイメージは影響しないのだろうか？

頭の中の「赤いリンゴ」のイメージが写ると思っているのではないか。

だから写真を見たときに違和感があるのだ。

私が撮ろうとしたものと違うという思いがつきまとう。

見たとき心を動かしたものがキチンと十分に写っていないと。

自ら描いた素描はそうではない。

写実さにおいて素描は写真より正確でも網羅的でもないのにこの違和感はない。

そんな意味で例え色つきの写真が発明されたとしても、写真は絵画に対してより親近感に乏しいのではないか。

しかし黒白の写真は色がないのにリンゴだと分かる。

赤いリンゴが頭に浮かぶ。なぜだやはり形か？

頭の中が混乱してきた。視ることの不思議さに底なしの沼を感じた。

むしろ個別のリンゴがもつ、ただ唯一の存在感・オリジナリティを見つけることをセザンヌは凝視せよと言っているのではないか。

ジャックの思考は同じような場所を巡って堂々巡りしているようだった。

ふと眼に飛び込んできたセザンヌが描いている絵画を見てジャックは驚いた。（口絵⑤）キャンバスに近づいても彼から拒否反応が出ないほど、ジャックはキャンバスに近寄ることが出来るようになっていた。

それにしてもこのリンゴはまるでテーブルからずれ落ちそうな不安感がある。

いくつかの実に美しい赤いリンゴを中心に多くのリンゴが壁から垂れ下がっているように画かれている。少なくともジャックにはそう見える。

平板の絵画を見ているのになんだこの「ゆらぎ」は。居心地の悪い「傾き」はと思わせる。

かつての似たような感覚を思い出した。

三年前に亡くなったマネが最晩年に描いた『フォーリー・ベルジェールのバー』という絵を見た時のことだ。

観る者に感じさせるまなざしの揺らぎだ。

あの絵ではメイドの女性が私たちを直視してくる挑戦的な視線と、絵を見ている私たちの視線と絵画上は彼女と話しているはずのシルクハットの男の視線がいずれも交わらない。

その疎外された不安なこころのまま納得できない「トゲ」がいつまでも残る。

バーのカウンターのありふれた光景と思っていたものが少しづつ違って見えてくる。

欺し絵なのか？　いやそうではない。

これは架空の絵画の世界であり、現実とは違うとする仕掛けではないか。セザンヌの不安定なリンゴと同じだ。

マネとセザンヌはたかだか数ミリの絵画の厚みの中にそんなものを仕込んだ。

こんなことを仕掛けるのはタブローをいつも意識させるためなのか。

描かれた「リンゴ」そのもの「バー」そのものの世界に行きがちな人間。

無表情なメイドの肉感的な胸や下心のあるシルクハットの男の顔つきや賑やかな店内の細部などに関心が行き出すと突然、絵画上のそんな仕掛けが気になり出す。

これは一個の虚像であり、一個の独立した絵画だということを忘れさせない仕掛なのか。

ジャックは、考えをめぐらした。

一八九八年　パリ郊外

四十七歳になったジャックは、もう仕事をしなくてもパリの繁華な地区のアパルトマンでメイドを雇って、ある程度は優雅な日々を送ることができていた。

相変わらず知り合いの画家や写真家や芸術家とカフェで会う日々が続いていたが、周囲は少しずつ若返っていった。パリは休むこともなく動いていた。

もうすぐそこに二十世紀が来ていた。

パリの街には世界中から文物や人々が集まっていた。

パリ万国博覧会も何度も開催されたが、人々が飽きることはなかった。

二年先にはまた万国博が開かれる予定だ。

パリ市街地の半世紀に及ぶ大改造は続いていたが、忘れ去られたような場所もそこここに残っていた。

雲が垂れ込めて、どんよりとした天気が続いているせいか、長いトンネルにいるような全く晴れない気持ちが続いていて、なんとなく今日もパリの町外れまで歩いてしまった。

泥だらけの轍の跡を避けながら、ふと顔を上げると高い木々が連なるその先に、手前に朽ちかけた柵と壊れかけた彫像を撮ろうとして三脚に乗せた大型暗箱を傍らに置いてじっと佇んでいる男がいた。

一体こんなところで何を撮っているのだろう。

写真に撮るようなものがあるとも思えない普通の場所だ。

ひと気はなく静かだ。ジャックはすこし興味が湧いた。

見たところ少々、人生に疲れている雰囲気もあるが、まだ三十歳台にも見える小柄な男だった。

二言、三言、ポツポツとした会話を続けるうちに、

「こうやってパリのそこここの写真を撮ってはアトリエで制作する画家たちや、パリの写真記

録を集めている役所に素材として売っているんです。」

言い慣れた文句なのだろう。

「私はウジェーヌ・アジェといいます。よろしかったら一度、私の写真を見て下さい。

気に入ってもらえれば買って頂くとありがたいんですが。」

ニコリともせずにストレートに売り込んできた。

彼は手垢で表紙が変色した紙の束を見せた。

それはパリのいろんな街角を撮った写真だった。

大判暗箱で撮影された精緻な画面で、しっかりコントラストのついた焼き付けをされていた。

市街地なのに人がいないのが印象的な写真だった。

ジャックは口にこそ出さなかったが、つい写真の商売をしている人間になった。

(こんなどこにでもある景色にお金を払う顧客たちがいるんだろうか。

観光写真としては価値のない場所のように見えるが。

写真の腕は確かそうだ。)

「これらの写真を撮ったのは何故ですか?」

既に壊されて無くなった街角の写真を見せながら、

「パリは大きく変わっています。

人々が興味を持つ有名なブールバールや凱旋門の写真ではなく、むしろ古い消え去ろうとしているパリの写真が売れるんですよ。こっちの方が。」

アジェは売り込みに力を入れる。

「この場所は永遠にこうではない。

これからもずっとこうであるかは分からない。

あっという間に変わってしまった表通りの変化を見れば分かります。」

（確かに華やかな場所ではないが、なにか見るべきものがあるな。）

ジャックは渡された写真をくりながら思った。

その写真はパリの名の知れたキャバレーの扉の中に、こちらを伺うウエイターが写っている。

（口絵写真⑦）

「写真の全ての細部、人物や構造物、どれが欠けてもこの写真は成り立ちません。

そこにあるもの、名のついているもの。物質としてあるものを観ているわけではないんです。

ある画角の全体を眺めそれら全体が一つの纏まりを持って、観ることを強いてくる感覚があるんです。

写真プリントに現れる何か幻のような『形』が見えるんです。」

そのあと何枚か男の写真を見て、なかなか迫力のある写真が気に入った。

時折、モンパルナスの彼のアパートに写真を買いに行った。住居の入り口には「芸術家のための記録」という看板が出ていた。

知り合いの小説家や地方の旅行業者が写真を結構買ってくれたからだ。

部屋に入ると枝網の椅子を勧めてくれて、彼は小さなバーナーでコーヒーを沸かしてラム酒を入れてくれた。教会や物売りなど主題別に整理された写真が棚に並んでいる。

ジャックは尋ねた。

「君が写真を撮る場所はどう決めるんだね。」

「パリの街角を狙い続けることが私の生活なんですね。

冬も夏も、朝も夜も来る日も来る日も通い続ける。

ベストな視角を求めてパリの街角のいろんな貌を知り、パリの街角の専門家になる。

そうすると『形』が見えてくるんです。他の人には見えないと思いますが。」

ジャックは少し、意地の悪い質問をしてみた。

「でも散歩なんだろう。思いつきでパラパラ撮って、何か纏まってくるのですか？

見せてもらったところあなたの写真には人物はほとんど写っていない。

まるで何か事件が起こった後の現場検証の写真だ。」

「私の写真には『気配』が写って居ませんか？　いつもそれを確かめるようにしています。

『気配』がない写真はなにか薄っぺらでつまらない。

私は撮影の時、カメラの磨りガラスを注視しながら、本当に自分が被写体を選んで撮っているのではないという気持ちになる時があります。何か向こうから来る視線があって、それに応えてシャッターを押しているような感覚なんです。」

不思議なことを言うと思った。

「じゃ、このサンジェルマン大通りの写真もこのランプシェード売りの男のも、帽子屋のショーウインドウのも、向こうから見てきたから撮影したというのか。」

「そうですね。パリ全体からこの時代のもの。古い時間の積み重ねの中から呼ばれているような気がするんです。」

「神秘的な話だね。」

「私が写真暗箱を担いで歩いていると光景が呼び掛けてくるんです。ほんのささやかなものですが私はそこで立ち止まる。なにが私に囁きかけてきたのか、暗箱を据えてピントグラスを覗いてその『気配』を画面の中で微妙に前後左右にフレームを動かし探す。」

言い伝えにくいことを一生懸命伝えようとしているのが分かる。

「よく分からないんですが、画面の全ての部分が過不足ない一つの大きな「形」として観える場所があるんです。

暗箱を少しずつずらしながら、どこが満足な全体なのか見つけます。

そして『気配』がはっきり見えてくるんです。

そこにあるもの、物質としてあるものを観ているわけではないんです。ある画角の全体を眺めそれら全体が一つの纏まりを持って、観ることを強いてくる感覚があるんです。

何か幻のような『形』が見えるんです。」

たとえて言えば自分との対話なのでしょうか。それは非常に懐かしいもの、私の内側の根源から来るものです。」

この男はなにを言い出すのかとジャックは思ったが、私の写真撮影経験を説明してくれているような気もした。

「そして、対面する私を呼び止めた光景と向き合っていると時たま視線を感じることがあるんですよ。

確かにこっちを見ているような。」

「光景の奥からじっとこちらを見ている視線。

ある時ショーウインドウ越しに撮影したことがあったんですが、そこには当然、ガラスに反射した自分が写っていました。

そうか観ていたのは自分だったのかと気がつきました。」

パリの夕日はかなり傾きだした。気温も下がってくる。

アジェの部屋は充分な暖房がなかった。

寒さを感じ始めたジャックはアジェを近くのビストロに誘った。

ホットワインを注文して体を温めようとした。彼はお茶を注文した。

「写真を撮る大きな動機は愛でしょう。好きなもの愛するものを写す。

それがなくてどうして暗箱を持って歩くんでしょうか?

私は毎日でも撮影に行けますよ。」

アジェは一見、そうは見えないが中に熱いものがある。

「それはあなたが愛しているものであって、他人はそれぞれでしょう?」

「そうではなくて写真で『見た』何かあるいは『まなざし』は共有出来ないのでしょうか?」

ジャックはあえてドライに突き放した。

「写真に写っている『こと』や『もの』はすぐ共有できるが、それ以上の意味・内容と言うことか? 『気配』が共有できると言うことか?

というのも写真は主体が操作できない。物体の反射をレンズで通した乾板が受けるだけだ。

その間に人間は介在しない。絵画との大きな差だ。だから一枚の写真をみて、同じ意味を知るわけではない。」

つづけてさらに畳み掛ける。

「写真家は見つめることを通して世界の中で孤立し外化する。のぞき窓の男さ。写真として『対象化された世界』の反対側に『対象化させた主体』＝みたものとして存在する。

顕微鏡や望遠鏡で覗く世界を観ている私は常に影響を受けないと感じる。別の空間に安全に隔離されてそこから覗いている。」

男は食い下がる。

「ただしかし毎日、同じ場所を通っていて視えるものが変わってくることもあります。見方が深くなるというか目が成長するわけですよ。

その差は『見たもの』として写真にも現れる。」

男は何かを思い出そうとするように言葉をつないだ。

「散歩中、不思議に同じ場所や同じ光景のところで写真を撮ってしまうんです。それは何故だろうかといつも考える。何かある。

何枚も同じ場所の写真が残るが、後から見ると毎回すこしづつ以前見ていたものと違っている。一つの「形」を目指している。

明らかに私の『まなざし』は成長している。」

男は訥々としかし、しっかりした口調で、

「写真術による新しい意識は事物や光景の『対象化』のはじまりです。

今まで意識しなかったものが一枚の写真の中に「形」として現れて来たんじゃないでしょうか。

母親が子供を見つめる眼差しは日々変わり、厚みを増してゆくんですよ。母親の中にその子供の不変の『形』がきざみつけられる。それはどの母親にも共通のものですよ。共有された経験が『まなざし』におり込まれているのです。それが人類をここまで連れてきた眼差しではないでしょうか？」

「パリの街角も同じだと思います。何百万というまなざしが、つみかさなっているのですから。他人に判り易い写真を撮って伝えようとするのではなく、まず自分がしっかり確信するのなら自己完結な写真でも観る価値があるんです。

上手くゆけばそれが他人にも伝わるかもしれない。『まなざし』が重なるというか。」

ジャックはこの男が言った「愛」というものが少し解り掛けたような気がして、温かい気持ちが湧き上がった。

一九〇二年　南フランス

ジャックは社員たちに会社を売り払い、一切合切の財産を金に換えた。

そしてセザンヌに別れを告げにいった。

「セザンヌさん、私は日本に行くことにします。」

彼は黙々と筆は動かしていたが、サクサクと進んでいるようには見えなかった。

第一、彼のキャンバスの半分近くは絵の具の塗られていない素地だったからだ。写真のネガのように明るい部分は乳剤がなくなって素通しになるように。

完成しているのか途中なのか、目の前の絵には所々余白が占めていた。彼の脳髄が観ているものはこうなのだ。

セザンヌは、

「急いで、日本に行かなければならないか？

そうか、最後になるかもしれないな。

しばらくはここに居られるんだろう。

よかったら、一緒にミディを歩かんか？」

翌日からジャックはセザンヌに連れられて、三日ほどプロバンスの森や石切場などを泊まり歩いた。

エクスの街を出て、二、三時間歩いた後、路傍の石に二人で腰をかけ、パンと赤ワインの昼食を摂った。

「中学以来の友人にマリオンというマルセイユ大学の動植物の教師がいる。

我々人間のまえの類人猿の骨を発見した奴でね。

マリオンとミディは写生をしながら歩いた。

二人で中学時代に遊んだ採石場で古代の植物の化石を見つけた。

彼に聞いたのだが、プロバンスは海の底が持ち上がった地形だと言っていた。

そしてはるか昔、北極の寒さの加減で植物たちは大移動を始めたらしい。ゲルマン人の大移動みたいに。

そして知らない土地で既にそこに植生していた生物たちと生存競争をして生き残った。今ここに立っているこの松もかつては遠く北から渡ってきて、南へ向かう途中だったのかも知れぬ。」

「昔からの素晴らしいご友人をおもちですね。」

「彼らは科学者の資料として写真をよく使うらしい。あ、君は写真の専門家だったね。」

「最近の科学研究に写真はよく使われます。医学、生物学、物理学、文化人類学、なんにでも。顕微鏡や天体望遠鏡だけでなく大学への写真機材の納入もありますよ。」

「専門知識を持っている学者の眼は植物をどう見ているのかな。普通の人とは違うように思うんだ。

我々、一般人がただの草原に見えるものが、彼の視野ではその一つ一つの植物の存在理由も互いの関連も分かっている、それは豊かな世界に見えるだろう。」

ジャックは対象に関しての知識で写真の視角は変わるだろうと思った。

「さまざまな地学や植物学の知識で光景を理解する眼を持つ人が撮影した写真は門外漢の私が撮影した写真と違うでしょうね。」

「君もそう思うかね。彼が膨大な地質学の知識で凝視したミディの事物は当然、そんな該博な知識もない我々とは違うと思うよ。

岩石の襞や色合いや手触りが何万年と経過した地球でどう生まれてきたか知っていること。松の色や形や外観がどのような進化を経て、地球上のどこから来たのか知っていることで凝視する目で撮った写真は当然異なるだろう。」

「この石切場のごろごろしている岩の一つ一つに意味があって、あるべき位置にある。そういうふうに彼の頭の中では整理されているだろう。」

そしてセザンヌはいつも携行しているスケッチブックのイラストを見せてくれた。

そこに画かれているのは五本の平行線が曲がったり、途中が切れたりした図だった。

「これもマリオンに教わったことだが、サントヴィクトワール山の成り立ちの仕組みだ。ヨーロッパアルプス山脈が出来た頃、イタリアは欧州大陸を押すようにくっ付いた。その余波でミディ全体に強い力がかかり、全体を隆起させ褶曲させた。

力で押し上げられて山は聳え、また大地の大きな力に耐えかね真ん中部分が陥没した。ヴィクトワール山が南を向いているのはそのせいだ。

なんと壮大な物語だ。誰かが考えた嘘ではない。科学が見つけ出してくれた事実なのだ。だからそれを知った私はその全てを、地質年代史も、その後の歴史も、大地ののた打つような形態も風景の中に見つけ出し、余すところなく表現し、絵画の中に存在させなければならないのだ。」

今ではより奥深い理解となった風景の中を再び私たちは歩き始めた。

次の日の昼頃、サントヴィクトワール山を望むある高台で風景を眺めながら、

「ただそこに存在し続ける景色も空気も、目に馴染む全てが自分を育ててくれた自然なのだ。それははるか昔、ローマ時代から延々とつづき、多くのミディの先人たちが愛おしく重ねてきた視線の揺るぎない集積なのだ。

ある時は絵画になり詩になり、文学になり音楽になり、料理になったりしたものだ。」

しばらく風景を眺めながらさらにセザンヌは語り出す。

「目の前の風景は太陽光の下で何万年にもわたって変化してきたものの結果だ。

マリオンに言わせると生き物も土も全てがこの地球上で、多少なりとも組織化され貯蔵された太陽のすこしの部分にすぎない。」

「ミディの骨組みや土台のなかに地質学的な論理があることに気づいた。

景色は解剖できる。世界の構成が眼に映ってくる。

宇宙的なものの濃縮された旋律を醸し出すことができる。正確な抒情ができるのだ。」

セザンヌは詩的な言葉を口にした。

「子供の頃から自分たちを育んでくれたこの景色。石切場、古い館、松の巨木、……。空気も空の光も樹木の葉の茂りも、輝く光の反射も私たちの眼になじんでいるものだ。

私たちはこれらの風景によって育まれた。

私たち自身はこの太古からの風土の一部分である。

実は私たちがこの風景を見ているようで、
自分たち自身は風景からも見返えされているのではないか。」


一日中、歩き通し日が暮れた頃、人気のない納屋を見つけ二人で入り込み、干し草の山に潜り込んだ。

セザンヌは伝えたいものを伝え切るように精力的に語り続ける。

「最近、自分の脳内の動きを見つめているんだが、どうも二つの動きがあるようだな。」

ジャックは何のことを言い出すのかと半ばあきれながら聞き続けた。

「もちろん絵画を描く上で、眼前の景色を寸分違わず忠実に再現する技術は必要だろう。すなわち自然を頭の中の『感光板』にストレートに反射した像を再現する力。これは写真の出来上がり方に似ているか。

一方で言葉になる前の『象（かたち）』という眼に見えそうで見えないものがある。しかし頭の中にぼんやりある。まだ言葉にも絵にもなってないようなもの。

何らかの感興、知識、認識、世界の見方、哲学のようなものによって、『象』は変わるのではないか？」

「まだ言葉にすらなっていないもの。抽象的なもの。脳内にイメージとして湧き上がる朧《おぼろ》げな段階でと言うことですか。」

ジャックは思わず確認した。

「私の『感光板』に景色全体が記録されていく。見たり感じたりした自然、そこにある自然、受けとめるこの自然。」

セザンヌは眼の前をさしながらそう続ける。

「そしてこちらにある自然」自分のおでこを叩きながら。「両方ともが持続できるために融合しないといけない。」

「風景は私の中で反射し、人の中で反響し、私の手を借りて自らを表現する。」

「この知識、想念の『溶剤』、つまりマリオンの地学・植物学の濃厚な『溶剤』だな。

あるいはローマ時代以来の先人たちの文芸に残された永い歴史、絵画に残された土地の姿を受け継いだ私の脳内の『溶剤』に、ミディの景色を正確に捉えられるようになった自分の『感光板』を浸し漬け込まねばならぬ。風景を上手く描くにはそのような『現像』が必要なのだ。

印象派の感光板は実に素晴らしい。だがそれだけでは駄目だ。絵を描くためには『溶剤』が何であるかということがとても大切なんだ。」

セザンヌとの二人きりの山歩きを終え、いよいよ別れを告げた。

セザンヌは白い塗り残しのある小さな故郷の沼の絵をくれた。

「南フランスを忘れんでくれな。」

セザンヌはいつまでもアトリエの入り口に佇んでいた。

一九〇四年（明治三十七年）極東へ

二十世紀になって、開通したばかりのシベリア鉄道の寝台列車でジャックは極東にやってきた。

露清密約によって東清《とうしん》鉄道の敷設権を得ていたロシアは一九〇一年にこれを開通させ、シベリア鉄道の途中から満州を通過する短絡線が完成した。

ハルピンまでジャックはやって来て、そこから一九〇三年に開通した南満州支線に乗り換え大連まで旅を続けた。

いろんな人に話を聞くと日露戦争が近づいているという。

列車で通過中の時も車内にはいろんな人種が見られた。

満州ではロシア人、清国人、英仏人、満州人、日本人などいくつかの勢力が権益を争っている。

ジャックは戦場写真を撮るつもりで来たのではなかった。

ジャックの愛する日本が乾坤一擲《けんこんいってき》の賭けにでている。ロシアの属国になるか、自主独立を守るか。

いまこそ東洋の不思議を実地で見てみる機会だ。

旅順から船に乗って日本に渡る途中、通過した対馬海峡には白波が立っていた。

関門海峡を過ぎると浪は全くなくなった。

穏やかな陽光と左舷につながる美しい海岸線。

松原と民家の集落が途切れ途切れに連なり、海には三角の白帆をいっぱいに張った小舟が漁りをしている。

上陸した広島から東京へは急行列車がでていた。

ジャックは天涯孤独、写真術を生業にこの激動の世界を生きてきた。

もう生活のためになにをする必要もない。ジャックは日本中を歩いて写真を撮った。そして、終の棲家を日本にすることにし、縁あって松戸から鯖街道を遡って半日程度の距離、印旛の畔に家と田畑を買った。家婦も畑作人も雇った。

この森はイル・ド・フランスを思い出させ、南フランスに似た光に満ちた土地だ。

ジャックはここで自分が深めてきた本当の写真を撮ることを決めた。

絵画の革命が起きたフランスで学んだ風景や事物を見る目でどんな写真が撮れるのかやってみよう。

単なる機械の眼とされ、芸術性などないと言われた写真術を使ってどんなものが残せるか。

幸い、近くには鑑賞眼に優れた昭武もいる。

大型暗箱で乾板に撮影した写真を、鶏卵紙に見立てて乳剤を塗った和紙に焼き付けた。

和風家屋の鴨居や柱に大きく伸ばした写真を貼り、畳に座りながら飽きずに眺め、そしてまた撮影を繰り返した。

それらの写真は不思議な現在性を備えていた。

白黒だが稠密な画面からは被写体の存在感が滲み出てくる。

この辺りの田園のどこにでもある風景で何本かの独立した樹木や潅木の眺めだった。人物が点景で写っているものもある。

この辺りは「谷津」と呼ばれる地形で、林と低湿地が交互につづく。田畑がつくりだす生態系は美しい。

そんな景色の中で撮られた樹叢の写真だった。

冷ややかに距離を置いて風景のように見ているわけでなく、植物図鑑のように細部に拘って物体の表面に関心を払っているわけでもなく、それぞれの樹々が確かにそれでしかないという固有性を持ちながら、また一方「樹木」「滝木」「ぶな」「枯れ木」と一般名詞化される普遍性・抽象性も有しているのだ。

植物や樹木しか写ってないのに写真が普遍性を漂わせるのは、年代を特定するものが無いからではなく、平面の印画紙に写し込まれた映像が臨場感と事物の存在感を出し、そして何か光景そのものがこちらを見ている気配が漂っているのだ。

ジャックは不思議な視覚的体験を仕留めたと納得し、こんな事物との距離があるのだと思った。

新鮮さの次に感じたのはこの風景をなんらかの言葉にしてみたいという「発語」の欲求だった。

ジャックには何か内部からくる衝動のようなものがあった。

言葉にしたいが既知の言葉やその組み合わせだけでは不可能なような、

自分の存在のひどく深いところで繋がっている類のもので、非常にプリミティブな「叫び」や「うめき」に近いものだった。

うまく言葉になれば深い納得が得られるだろうともどかしさをジャックは感じた。

しかし一旦、言葉にして産み落としてしまったら、違和感が残るだろうことも察せられる。手のひらから溢れる水を捕らえようと焦るように、次々と言葉を連ねてゆくほど、原初の生き生きとしたものから遊離してゆくように。

どう言うべきか、やはり「かたち」なのだ。「形」ではなく、「フォルム」でもなく、「象」とでもいうべきものがそれぞれの写真に宿っているのだ。

言葉になる寸前の象形文字が宿していたようなものかも知れない。


印旛に移ってある日、昭武が招待してくれた席で美しい松戸の町の夜景を見ながら問わず語りに言った。

「明治をつくった、薩長の主な人物、西郷、大久保、木戸や佐賀の江藤などほとんど死んでしまった。勝もこの間亡くなった。

あの革命は何だったのか？　どうなっていくのだろうか？

自分は松戸に移り住んでみた。この江戸川の渡しとして千年続いた町がとても美しく愛おしい。」

昭武は街の風情を見やってから話を続けた。

「この墨を流したような、しっとりとした闇を今の写真技術では残せない。ナダールさんが地下の墓地を撮ろうとした気持ちやドガさんが室内写真を極めようとした気持ちが分かる。」

しばらく沈黙がつづく。

このなんとも言えない温度は何だろう。川の水で保たれた温度なのか。身体に対してどんな主張もしない温度。

風がなければ空気の褥に抱かれているようなどんな敵意もない環境にジャックは芯から寛《くつろ》いだ。

「ジャック。全てが写真に残せると思わない方がいいかもしれない。」

少し経って、昭武が口に出した言葉は自分に向けられたものか、ジャックに向けられたものか俄に分かりかねた。

「ほら、日が暮れ夜の帳が下りて、この祭りの賑わい。光と色彩。家並みの揃った軒の灯籠の連なりの美しいこと。

店々の座敷の襖は取り払われて開け放たれ、漆黒の闇の中、月の光を映す畳の海に屹立する金地にエメラルド色の植物屏風。

床の間にはほてるような桃色の美しい蓮の花が青い小盆に活けてある。

そんな風情を競い合う店々が延々と連なり、パリの街灯よりは暖かな色のローソクの星々が煌めいている。

夜の闇は暗黒ではなく、薄墨のグラディエーションなのだよ。

こんな絵をアテーヌの画家たちに描いてもらいたかったね。」

昭武は自らの徳川宗家が作り上げた杜の国家・日本を残したかったのかもしれないとジャックは思った。

幕府成立後、森林奉行を置き、応仁の乱から戦国時代にかけて築城のために切り放題だった山々に植林した。

寺社奉行は檀家制度を設け農民の世襲を義務づけ、里山を守ったと同時に次三男を農村で都市で働き手として活用した。

二百七十年に渉り黄金の稲穂がたなびく田園と美しい山と豊富な漁獲の浦々の海とを維持し続けた。

開港を迫った諸外国の軍人たちが奇跡の宝石のような、妖精が住んでいると思った国家が続いたのだった。

昭武が民に先駆けて遭遇したあの煤けた、冷たい鉄の塊の文明とほど遠い桃源境のような国だった。

ふと思いに耽っていると昭武が話を続けた。

「去年、大阪で開かれた内国勧業博覧会で、大阪砲兵工廠で造った二十八糎榴弾砲を見た。若い頃はじめて見たパリ万博のプロシアのクルップ砲を想い出した。日本が同じようなものを造れる時代が来た。

息子の武定は造船技術を大学で勉強するのだと言ってるよ。海軍を強化することはこれからの日本が世界で生きていく上では必要な技術だが。」

ふと上った花火にうつされた昭武の顔に明るさが消えていた。

また時折、昭武が焼いた写真を見せてもらった。

田園の中の豪農の縁側風景だったり、雑木の中に佇む小さな祠《ほこら》だったりした。彼は明らかに世界人の眼をもっていた。

彼の目は日本の景色や書画骨董はもちろん、世界中の工場や建築物も、絢爛豪華なパリ、ロンドンの街区も中近東の港もいろんなものを見た眼だ。

今の日本では類い稀な眼だろう。その目で再び日本の田園が見直された。

千枚に達する彼の写真には「古ヶ崎の水郷の建物」や大八車に乗った子供の正面からの写真など好きなものがたくさんあった。

「百年先に写真は残るのです。

なんと素晴らしいことではありませんか?

私が見たものをそのまま伝えるのです。

我々が何を見ていたのかを子孫たちは評価するでしょう。

人の集まりも美しい自然も生活者の営みも都市の賑わいも。」

と語っていた昭武だが一九一〇年の七月、亡くなってしまった。

ジャックは思った。

「できるかぎり光景に呼び覚まされるままに、じっくりと注視して写真に残してゆこう。それら写真を眺める位置にはかってそれを撮影した人間、すなわち私が居たのだから。私の死後誰一人、私の写真を顧みないとしても。その写真は私個人がこの世に存在した証として残るだろうからだ。」

★主な参考図書

【写真関係】

「明るい部屋　写真についての覚書」ロラン・バルト　みすず書房　1985
「明るい部屋の謎　写真と無意識」セルジュ・ティスロンほか　人文書院　2001
「世界写真全集　全12巻付属世界写真史年表」澤本徳美・高橋則英構成　集英社　1988
「写真と藝術　接触・影響・成果」オットー・シュテルツァー　フィルムアート社　1974
「〈写真と絵画〉のアルケオロジー」伊藤俊治　白水社　1987
「写真の巨匠　アジェ展」資料　PPS通信社　1991
「肖像写真：時代のまなざし」多木浩二　岩波書店
「時代を『写した』男ナダール：1820－1910」石井洋二郎　藤原書店　2017
「彼らが写真を手にした切実さを：《日本写真》の50年」大竹昭子　平凡社　2011

【徳川昭武関係】

「徳川昭武：万博殿様一代記」須見裕　中公新書　1984
「徳川昭武幕末滞欧日記」宮地正人（監修）松戸市戸定歴史館、1997
「プリンス昭武の欧州旅行：慶応3年パリ万博使節」宮永孝　山川出版社　2000
「松戸の明治」など松戸市戸定歴史館各種展示および資料
「将軍・殿様が撮った幕末明治」別冊歴史読本　新人物往来社
「最後の将軍：徳川慶喜　新装版」司馬遼太郎　文春文庫　1997
「グローバル幕末史：幕末日本人は世界をどう見ていたか」町田明広　草思社文庫　2023

「逝きし世の面影」　渡辺京二　平凡社ライブラリー　２００５

【ゾラ、マネ、ドガなど画家関係】
「印象派全史」　バーナード・デンバー　日本経済新聞社　１９９４・６
「マネの絵画」　ミシェル・フーコー　ちくま学芸文庫　２０１９・２
「もっと知りたいマネ　生涯と作品」高橋明也　東京美術　２０１０・２
「エドゥアール・マネ：西洋絵画史の革命」　三浦篤　KADOKAWA　２０１８・10
「ゴッホの地図帖：ヨーロッパをめぐる旅」　ニーンケ・デーネカンプ、ルネ・ファン・ブレルク、タイオ・メーデンドルプほか　講談社　２０１６・９
「ゾラの芸術社会学講義：マネと印象派の時代」　寺田光徳　藤原書店　２０２１・５
「ドガ　踊り子の画家」　アンリ・ロワレット　創元社　２０１２
「ドガダンスデッサン」　ポール・ヴァレリー　筑摩書房　２００６
「ジャポニスム：流行としての『日本』」　宮崎克己　講談社現代新書　２０１６

【セザンヌ関係】
「CEZANNE」　ハーヨ・デユヒティング　Taschen GmbH(Köln)　２００３
「セザンヌ＝ゾラ往復書簡：１８５８－１８８７」　アンリ・ミトラン（解説）法政大学出版局　２０１９・10
「セザンヌ」　アレックス・ダンチェフ　みすず書房　２０１５
「セザンヌ」　ガスケ　岩波書店　２００９
「絵画における真実＝La Vérité en Peinture：近代化社会に対するセザンヌの実践の意味」　永井隆

★主な参考図書

則　三元社　２０２２・３

「セザンヌ」　アンリ・ペリュショ　みすず書房　１９９５

「セザンヌ　パリとプロバンス」２０１２国立新美術館展示資料

「セザンヌ 現代世界美術全集３」集英社　１９８６

「プルーストの記憶、セザンヌの眼　脳科学を先取りした芸術家たち」　ジョナ　レーラー　白揚社　２０１０

【そのほか】

「ランボー詩集」

「ランボーはなぜ詩を棄てたのか」　奥本大三郎　集英社インターナショナル　２０２１・６

「ランボー、砂漠を行く：アフリカ書簡の謎」　鈴村和成　岩波書店　２０００・11

「ランボーとアフリカの８枚の写真」　鈴村和成　河出書房新社　２００８・12・２

「プルースト／写真」　ブラッサイ　岩波書店　２００１

「失われた時を求めて」への招待　吉川一義　岩波新書

「失われたパリの復元＝Restauration de Paris perdu：バルザックの時代の街を歩く」　鹿島茂　新潮社　２０２２

「パリ・世紀末パノラマ館：エッフェル塔からチョコレートまで」　鹿島茂　中公新書　２０００・12

【展示会資料など】

「オリエンタリズムの絵画と写真展」展示資料　１９９０ー１９９１

「パリ・オペラ座　響き合う芸術の殿堂展」２０２２アーティゾンミュージアム資料など

「怪帝ナポレオン三世：第二帝政全史」鹿島茂　講談社学術文庫　２０１７